JN100633

婚約者様、ごきげんよう。
浮気相手との結婚を心より祝福します
～婚約破棄するか、決めるのは貴方ではなく私です～

神山りお

目次

序章　エレトーンは優雅に微笑む……6
一章　憂鬱(ゆううつ)な学園生活……9
二章　ハウルベッグ侯爵家の悪巧み……55
三章　空気を読む者、読まない者……83
四章　ふたりの王妃……103
五章　お粗末すぎる断罪劇……131
六章　終わりよければ？……168

七章　十二本の薔薇（ばら）…… 194
終章　愛しい笑顔…… 219
書き下ろし番外編集
番外編　苦悩する国王と、マイペースなお花畑コンビ…… 230
番外編二　愛しのきみ…… 247
あとがき…… 256

Characters

エレトーン

ハウルベッグ侯爵家長女。面倒見の良い性格で周囲からの人望が厚い。婚約者の浮気現場を目撃したものの、貴族である立場から簡単に婚約解消できずにいたが…？

婚約者様 ごきげんよう。
―浮気相手との結婚を―
心より祝福します
～婚約破棄するか、決めるのは貴方ではなく私です～

マイライン

コーウェル公爵家令嬢。父親が国王の従兄弟にあたる。最初はエレトーンを疎ましく思っていたが、今は親友でありよきライバル。

アレックス

ロースビート王国第二王子で、アラートの異母弟。目立たず、日陰を歩く王子だったが、エレトーンとの出会いがきっかけで考え方が変わっていく。

カリン

コード男爵家令嬢。可愛らしい容姿から男子生徒に人気。勉学より自分磨きに余念がない。

アラート

ロースビート王国第一王子。なんでもできる婚約者のエレトーンに劣等感を感じており、自分を立ててくれるカリンに惹かれていく。

序章　エレトーンは優雅に微笑む

豊かな自然と広大な土地、それを表すかのようにおおらかな者が多いロースビート王国。

だが、そのおおらかな者たちも眉をひそめる出来事が、今まさに起きようとしていた。

「エレトーン！　お前との婚約を破棄する‼」

高等部の卒業パーティーで高々と宣言したのは、この国の王太子。アラート＝ロースビートだ。

卒業すれば次期国王として、国のために施政に携わっていく予定の人物である。

そして、この卒業パーティーは、明日からの短期休暇後、様々な職に就く者の集まりであった。宣言したアラートはもちろん、エレトーンと名指しされた令嬢も卒業する。

その華々しい卒業式で、アラートが空気の読めない宣言をしたのだ。

ここは、皆で卒業を祝う会であって、決して婚約破棄を宣言する場所ではない。

「婚約を……破棄ですか？」

突如として名指しで呼びつけられた令嬢は、思わぬ注目を浴び、唖然(あぜん)とした。

彼女の名は、エレトーン＝ハウルベッグ。

ハウルベッグ侯爵家の長女で、誰もが羨む美貌とプロポーション、輝く金色の髪にアクアマリンのような瞳を持った美しい令嬢だ。

エレトーンは、一瞬現実逃避しかけたが、皆の視線に気付きすぐに現実に帰ってきた。

叶うことなら、永遠に逃避したい。エレトーンが突然の茶番劇に頭を悩ませていると、ショックで黙り込んだとアラートは盛大に勘違いした。気をよくしたアラートは、高揚した様子で話を続ける。

「そうだ。お前みたいな辛辣で傲慢な女との婚約を破棄し、私はここにいるカリンと新たに婚約する‼」

そう宣言すると、カリンと呼んだ令嬢を自分の腕の中に引き寄せた。

彼女の名はカリン＝コード。

婚約者であるエレトーンを蔑(ないがし)ろにして、アラートがいつも一緒にいる令嬢だ。

アラートやエレトーンのひとつ年下だが、あまりいない中途入学で目立った存在だった。

彼女の性格はどうであれ、少しくせ毛のふわふわした髪と、クリクリした瞳。それに加えて平均より小さな身長が護欲をかき立てるらしく、男には大変人気がある。

聞いたところ男爵家の令嬢らしいのだが、貴族というより平民の感覚を持っているようだ。

エレトーンが白けた表情でカリンを見れば、カリンは小さな悲鳴をあげてアラートの腕にしがみついた。

だが、一瞬、彼女が口端を上げたのをエレトーンは見逃さなかった。

エレトーンにマウントを取ったつもりでいるのだろうが、そんな見え透いた安い挑発に乗ったりはしない。なぜなら、彼女の思う壺だからだ。

アラートの相手でさえ面倒なのに、カリンの相手までしたくなかった。

ふたりを見たエレトーンは、心底疲れたことをごまかすように腰に手をあてた。

「はぁ……却下」

「は？」

却下の返答など想定していなかったアラートは、気のせいかと眉根を寄せたが——

「却下いたしますわ」

もう一度同じセリフと共に、今度はバサリと扇を開く音がした。

そう、音の主は目の前のエレトーンである。扇で口元こそ覆ってはいたが、見える目が『破棄なんてできますの？』と雄弁に語っていた。

「は？　お前に却下などできるわけないだろう‼　エレトーン」

アラートはその仕草にカチンときたが、すぐにエレトーンを小バカにし、鼻を鳴らした。

婚約破棄されたくないのはわかるが、王太子であるアラートが命じているのだ。普通に考えれば侯爵令嬢のエレトーンが却下するなどあり得ない。

アラート王子がそう鼻息を荒くするが、エレトーンは扇の中で不敵に笑っていた。

あれほど、忠告を差し上げていたのに——と。

一章　憂鬱な学園生活

——遡ること、数カ月。

「やだぁ、アラート様ったら」

由緒あるハモンド王立学園の中庭で、淑女らしからぬ声が聞こえた。

規律やマナーに厳しい学園で、そんな口調で話す者はごくわずか。それだけに、その甘えたような話し方はどこにいても目立つ。しかも、話し相手がこの国の王子ともなれば余計だ。

いくら自由が許されていても、物事には大抵、節度というものがある。

学園の意向として、〝身分に関係なく平等に接する〟となっているが、それは身分によって教育に差別があってはならないという意味で、なんでもではないのである。

身分の垣根を超えて交流を深めるかどうかは、己の自由。

それも含め、学園は学ぶ場として提供されているにすぎない。

大抵の者たちは、卒業すれば各々本来の立場に戻ると知っている。むしろ、学園の意向をしっかりと理解し、将来のために交流の場として適度に自由を謳歌していた。

ただ、残念ながら皆が理解しているわけではない。一部の者は自分に都合のいいように解釈し、自由と平等を履き違えていた。

だが、そのツケは、しっかりと己に返ってくるだろう。

卒業後に同窓生に会った時、はたして学園にいた時と同じように交流ができるのか。そこでやっと、身分や立場という現実を思い切り突きつけられても、もう遅いのである。

それは、王太子であっても同じなのだが、アラートを見る限り考えてもいない様子だ。順調に己の首を絞めているなと、エレトーンはほくそ笑んでいた。

「お前との婚約を破棄する‼」

「え？」

二階の生徒会室の窓から逢瀬を覗き見していたエレトーンに、そんな宣言が突然投げかけられた。

一瞬、自分の婚約者の声を誰かが代弁したのかと、思ったが――

いつの間にか隣に、親友でコーウェル公爵令嬢のマイラインがいたのだ。彼女がエレトーンを揶揄って言ったようである。

「はい、よろこんで？」

「ちょっと、そこは嘆き悲しむところではないの？」

エレトーンが小首を傾げて承諾すれば、マイラインが呆れたように笑った。

普通なら、婚約を破棄されれば嘆き悲しむもの。なのに、エレトーンは悪い冗談に怒ることもなければ、驚く仕草さえ見せないのだ。

侯爵家の教育の賜物なのか、エレトーンのすごいところなのか、マイラインはなんとも言えなかった。

「あれのどこに悲しむ要素が？」

エレトーンの視線の先には、少女と王子のイチャイチャしている姿が……。

ちなみに王太子殿下の婚約者は、そこで逢瀬を重ねている少女——カリン＝コード男爵令嬢ではなく、ここにいる侯爵令嬢のエレトーンである。

当然、その婚約は昨日今日で決まったわけではない。五年以上も前に正式発表されていた。正式に発表されれば、この学園に通う者だけでなく市民でさえも、誰が王太子の婚約者か知る。なのに、カリンはああやって擦り寄っているのだから完全にアウトだろう。

なにも考えてないか、優越感を感じたいのか、なんにせよイイ度胸である。エレトーンが苛烈な性格なら、彼女は今頃……海にでも浮いているに違いない。

「誰かに見られているとは思わないのかしらねぇ」

エレトーンは婚約者の浮気現場を親友と仲よく見ながら呟いた。

アラートとカリンがいるのは部屋の中ではなく、学園の中庭。ふたりを見下ろす生徒会室にはマイラインだけでなく他の生徒たちもいるのである。現にエレトーンが見かけたように、いつ誰に見られてもおかしくない状況だ。なのに、あのふたりは気にしていない。

エレトーンはただ、呆れていた。

そんな様子のエレトーンに、マイラインの方が憤る。

「ねぇ、あなた他人事のように言っているけど、怒りは感じないの？」

「あら、やだ。知っていた？　怒りや悲しみって相手に興味があるから湧くのよ？」

「……」

『これでも怒っているのよ？』そう返ってくると思っていたのに、想定外の返答。マイラインは苦笑いも出なかった。

いくらそこに愛情がなくとも、婚約者に蔑ろにされたら普通は憤りを感じるものだ。だがエレトーンは怒りさえ湧かないほど、婚約者に関心がない。

「もう、いっそのこと、婚約を解消すればよろしいのに……」

皆が思っていても口に出せないことを、マイラインがため息をつきながら口にした。

この婚約が王命なら難しいが、アラートの生母である第一王妃からの強い要望で成立したもの。エレトーンが王妃になりたいならともかく、興味がないのなら解消の提案を、アラートなり父親である侯爵なりに持ちかけてもいいような気がした。

エレトーンが望むなら、父に頼んで公爵家が擁護についてもいいと、マイラインは考えているくらいだ。

「できるものならしたいわよ。でも、そう簡単にできないでしょう？」

同意すると思わなかったマイラインは、思わず瞠目してしまった。

いつものエレトーンなら『できればいいわね?』程度に言葉を濁して返してきただろう。だが、相当腹に据えかねているのか、珍しく頷いている。

エレトーンも初めからアラートを嫌っていたわけではない。だが、事あるごとに『お前は生意気だ』『俺を立てろ』と言われ、それらを無視していれば、『俺より賢いんだろう? これをやっておけ』と嫌な仕事を押しつけてくる始末だ。

アラートが国王になったら、この国はどうなるのだろう?と憂いていたら……最終的には、浮気である。

エレトーンの我慢の限界も近かった。

さあ、婚約破棄だ!

といかないのが、悲しくも腹立たしい。ただでさえ貴族の婚約は、簡単に破棄や解消などできないのに、この婚約は王命ではないものの王妃からの懇願で実現したもの。受けてしまった以上は、こちらからそう簡単には白紙にできないだろう。

エレトーン側から申し出るには、色々と弊害があるのだ。

「大体、あの程度では軽いお咎めで済みそうな気がするのよね」

肉体関係があるなら強く言えるけれど、ちょっと肌に触れたくらいでは、王はもちろんだが父も一度くらいの過ちとか、若気の至りだとかホザきそうだ。

女には清純さを求めるくせに、浮気は男の甲斐性と言う。実に不条理で腹立たしい。婚約を解消するとして戦ってもいいが、どうせ戦うなら完膚なきまで叩き潰したい。

しかし、婚約の破棄を考えたとしても、今すぐに行動を起こしては失敗する未来しか見えない。今はおとなしくして、いざという時のために外堀を埋めておくことが大事だ。

いつでも叩き潰せる準備が整ってから、ゆっくりと……。

そう考えていたエレトーンは明言を避けたのだが、エレトーンを慕う者たちから声があがった。

「私は婚約を解消してほしくないです」

「「私も‼」」

不条理な自分の境遇を憂いつつ、マイラインと今後のことを算段しようとしていたら、生徒会員たちが切実に訴えてきたのだ。

「あらなぜ？」

「「「あの女が王妃になるなんて、絶対に嫌だからです‼」」」

「……ぷっ」

ここは嘘でも、「王妃になるのはエレトーン様以外に考えられません！」と言って、持ち上げるところではないだろうか？

正直すぎる言い方に、エレトーンは思わず笑ってしまった。

「なにがおかしいんですか⁉　私たちは本気で――」

「ごめんなさい、つい……ね？」

本気で言ったのにと、少し不服そうにクラスメイトたちにエレトーンは謝った。

彼女たちの言いたいことはわかる。

だが、王太子の選んだ女性が王妃になれるわけじゃない。王太子に恋愛をするなとは言わないが、相手にも最低限の教養や身分、良識が必要なのである。

身分は、高位貴族へ養子に出せばどうにかなる。教養は……専属の家庭教師をつけるなどすれば、ある程度はカバーできるだろう。

しかし、問題は、場の空気を読める資質や良識である。

それだけはどうこうできるものではない。エレトーンが辞退したとしても、次の候補者はいるので、カリンがすぐ婚約できるわけではないのである。

「あなたたちの熱意は伝わったわ。私もおとなしくしているつもりはないわよ。でも、もしなにかあったら……」

「「「もちろん、力になります!!」」」

しおらしくして、語尾を濁したら、生徒会員たちは力強い返事をくれた。

彼女たちの言質はとりあえず取った。あとは、なにかあった時にそれとなく言えば忖度してくれるだろう。

そう感じていたら、ひとりがエレトーンの手を握り、さらに力強く言ってくれたのだ。

「私の家が傾きかけた時、手を差し伸べてくれたのはエレトーン様だけでした」

その令嬢の行動がきっかけとなり、他の生徒会員たちから次々と声があがった。

「親から、意に添わぬ結婚をさせられそうになった時に、声をかけていただいた恩は一生忘れません！」

「エレトーン様がお声をかけてくれるまで、高位貴族の方に虐められていて、学園が嫌でした」

「今度は私たちが助ける番ですわ‼」

いつも強気なエレトーンが、ちょっとしおらしくしたらこの通りである。「ありがとう」とお礼を言うエレトーンと、それを囲む生徒会員たち。

その様子を見ていたマイラインは、ため息をついた。

少しキツい印象を与えるエレトーンだが、周りの高位貴族とは違って身分に関係なく接し、面倒見がいい。たとえ相手が体格のいい男子や先生でも決して怯まず、弱い立場の者に寄り添う姿を度々見せていた。

現にマイライン自身も、こうやってエレトーンに陥落させられたひとりである。だが、その光景を客観的に見ると、なんとも言えない気分だ。

エレトーンがこうやって次々と仲間を誑していく姿を、マイラインは感心半分、恐ろしさ半分で見ていたのであった。

──着実にエレトーンの味方が増えていく中、件のアラートはなにも変わらない。

そう、その日の放課後もいつも通り。

アラートが生徒会の仕事を放って帰ろうとしていたので、エレトーンは思わずチクリと言いたくなってしまった。

歴代の王太子が生徒会長の座に就いていたからといって、アラートも就く必要はない。だが、同年代に王太子がいることで皆が自然と忖度し、結果そうなっただけ。

やりたくなかったのなら、初めから誰かに譲ればいい。しかし、そう言えないのがアラートの矜持(プライド)なのだろう。

──で、王太子が会長になれば、その婚約者であるエレトーンはアラートに引きずられる形で副会長になったのである。それを見かねたマイラインが、時々手伝ってくれるのが救いではあるけど。

「まぁ、アラート殿下。今日もなにもせずにお帰りですか?」

嫌みを言っている自覚はある。

だけど、国のリーダーになる(かもしれない)お方が、仕事を丸投げして帰路に就くなんて、ありえない。皆が言えないのだから、エレトーンが言うしかないだろう。

エレトーンの姿を見た途端に、アラートは顔を顰(しか)めた。

「だからなんだ」

「生徒会は？」

「私がいなくても回るだろう？」

だから私は帰ると嫌みったらしく笑うと、アラートは行ってしまった。

アラートは自分がいなければできないのかと揶揄ったつもりなのだろうが、そもそも今までアラートがいなくとも回っていたのだ。回るに決まっている。そんなアラートの姿を見てエレトーンは不敵に笑っていた。

〝私がいなくても〟とアラートは言った。確かにアラートがいなくても……いや、いない方が回る。だが、その言葉の意味をよく考えて彼は発するべきだ。

〝私〟がいなくても。

〝アラート王子〟がいなくとも。

〝次期国王〟がいなくとも。

そうとも言い換えられるのだ。彼が意図せず発した言葉だが、己の存在意義を己で否定している。なにも考えていないのだろうが、王太子自らが口にすると実におもしろい。

「ふふっ。自分をよくわかっていらっしゃる」

彼は楽しい時間が長ければ長いほど、自分の首を絞めていることに気付いていないのだろう。

小さくなっていくアラート王子の姿を見ながら、エレトーンは口端を上げていたのであった。

「兄上は相変わらずみたいだねぇ」

アラートと反対方向に足を向けたエレトーンの頭上に、呆れた声が降ってきた。

その声にエレトーンは顔を上げ、珍しく目を見張った。

「え？」

「アレックス殿下！　いらっしゃっていたのですか」

アラートの異母弟、第二王子であるアレックスが目の前にいたのだ。

アレックスはアラートとふたつほど離れていて、名目上この学園の一年生だが、ほとんど登校していない。

そのせいで、一部の者たちは病弱と思っているようだが——事実はまったく異なる。

療養で引きこもっていたとされる数年の間に、ひっそりと隣国の学園に通っていて、飛び級制度を利用して既に卒業しているのだそうだ。この学園は、ただ交流の場として利用しているだけらしい。

アラートのスペアとして、王太子教育もあったそうだが、早々に会得して、もう公務の一部を任されている……と父から聞いたことがある。

そんな父曰く、彼が学園に来るのは、人脈作りと未来の高官探しだろうとのこと。

ただ、せっかく来ても、自由と平等をはき違えた者たちに馴れ馴れしくされるのが嫌みたいで、休み時間は大抵、教室から消えているようだ。

あとは、単純に学園生活が単調でつまらないらしく、刺激を求めて街に出ているそうだ。

ちなみに、そのことを知っているのは、わずかな者たちだけである。大半の者は、アレックスがただ単に病弱か怠慢なのだと、思っている。

アレックスを見くびると痛い目に遭うのだが、知らないのはある意味幸せなことである。

そんなアレックスが学園に来るなど、珍しいことだ。

「エレトーンは見るたびに綺麗になっているね」

自分の話などどうでもいいとばかりに、エレトーンの顔をニコニコと眺めていた。

「なんでそんな顔をするのかな？」

褒めたつもりなのに、エレトーンは不審そうに眉根をピクリと動かしたのだ。

アレックスはそんな彼女を見て苦笑いが漏れた。

アレックスが褒めれば頬を赤らめる女性は多くいるが、不審そうな顔を見せるのはエレトーンだけである。自分に靡（なび）く素振りすらないエレトーンに、アレックスはため息が漏れた。

「アレックス殿下こそ、しばらくの間に身長も高くなって、大人っぽくなりましたね」

アレックスとは、アラートと交流を始めた頃から会う機会は増えたけど……最後に会ったのは数年前だろうか？　確かその時は、エレトーンと変わらぬ背格好だったはず。なのに、今は頭ひとつほどの差があるから驚きだ。

しかも、ほっそりしていた体躯（たいく）が成長と共に逞（たくま）しくなっただけでなく、声変わりまでしたのか声が低くなっている。しかも、その声が妙に耳に心地いいから、エレトーンは胸がそわそわしていた。

　正直なところ弟のように思っていたアレックスの成長に、少々困惑している。成長を喜んでいる半面、男らしくなり、接し方がわからない。

「惚れ直した？」

「私が惚れていた前提で話すのは、いかがなものかと……」

「では、惚れた？」

「いえ、別に？」

　エレトーンが表情を変えずにシレッと返せば、アレックスは肩を落とした。

「……ちょっとくらい」

「え？」

　アレックスがなにやら小さく呟いた気がしてエレトーンは聞き返したが、彼は肩を竦めるだけだった。

「これからは、学園に通われるのですか？」

「しばらくは」

　しばらくとはどのくらいかエレトーンにはわからないが、飽きるまでは通うのだろう。

「で、どこまでついてくるのですか？」

　エレトーンは軽く挨拶をして教室に向かおうとしていたのだが、なぜかアレックスが子ガモのようについてくる。

嫌いではないだけに邪険に扱えないのが悩ましい。

「久々に会ったのだから、少し話でも」

「誤解されるといけませんので……」

いずれは義弟になる人であるが、ふたりきりなのを見られ、周りに変に勘繰られては困る。

エレトーンがそう思って言ったら、アレックスはチラリと柱の陰を見た。

「気付いておりましたの？」

ホホッと口元を隠しながら、マイラインが柱の陰から出てきたので、エレトーンは驚きを隠せない。

「これで誤解される恐れはないよね？」

アレックスは自分の従姉弟（いとこ）であるマイラインと三人ならと言いたいのだろうが、ツッコミどころ満載でエレトーンはため息しか出なかった。

「生徒会室には行きませんの？」

「教室に書類を忘れたのよ」

見られて困るものではないが、置きっぱなしにしたくなかった。

「なら教室まで付き合おう」

え、なんで？と思ったが、無下にすることもできず、エレトーンはそっとため息をついた。

第二王子と公爵令嬢を引き連れて教室に向かえば、なにやら話し声が聞こえてきた。

どうやら、隣の教室に生徒が数名残っているようである。

「あの男爵家の女、なんなの⁉　私の婚約者に気安く声をかけたりして‼」

「キャサリンも⁉　私の婚約者には『ありがとう』なんて言って、手を触っていたのよ⁉」

「手を⁉　いやらしい。そういえば、一時期平民上がりだって噂があったけど、本当にそうなのかもしれないわね」

「だからって、平民にだって節度はあるわよ！」

近付くにつれて声は大きくなってきた。

「大体あの女は、気に入らないのよ‼」

「そうそう、アラート殿下にはエレトーン様がいるのに、これ見よがしにイチャイチャと」

「人の婚約者に近付くなって言っても、バカにしたようなあの目」

「エレトーン様を差し置いて王妃にでもなれるとでも思っているのかしら」

「許せないわ‼」

誰も来ないと思い込み、話しているうちにヒートアップしたようだ。

ひとりの令嬢が教科書に手をかけた瞬間――

「それはダメよ」

ちょうど教室の入口に着いたエレトーンはたまらず声をかけた。

ただ文句を言っているだけならスルーもしたが、彼女は教科書を手にしていた。

エレトーンが想像するに、それは彼女たちの物ではなく、不満対象（カリン）のだろう。

……となれば言わずもがなである。破り捨てようとしているのだと。

「「「エ、エレトーン様⁉」」」

噂のエレトーンがまさかここに来るとは思わなかったのか、その場にいる全員が驚愕（きょうがく）の表情で固まっていた。パクパクと口を魚みたいに動かすばかりである。

「ごきげんよう」

「「「ご、ごきげんよう」」」

先ほどのセリフからして見られていただろうが、エレトーンが追及せずにニコリと挨拶をしてきたので、令嬢たちはドクドクと打つ心臓のあたりを押さえたり、下を向いたりとそわそわしながら挨拶を返した。

「あえて言及はいたしませんが、自分の品格を落とされるような真似はなさらないように」

あぁやっぱり見られていたと、令嬢たち顔を見合わせる。

同時に、エレトーンが強く言及してこないので、庇ってくれたのだと勘違いする。

「ですが……‼　あの女はエレトーン様がなにも言わないことをいいことに、好き放題ですわ‼」

「アラート殿下のおそばをちょろちょろと」

「このくらいの嫌がらせをしたって……」

エレトーンが黙って聞いていることで気分をよくした令嬢たちは、今までずっと我慢していたのか、堰を切ったように一斉に文句を言い始めたのであった。

「言いたいことはわかったわ。だけど、あなたたちがあの子と同じ壇上に立つ必要はないのよ」

「「「……え？」」」

私の代わりによくやったと褒められるとは思ってはいなかったが、エレトーンは賛同してくれると令嬢たちは思い込んでいた。男爵令嬢のカリンに煮え湯を飲まされているのは、エレトーンも同じはず。

だから、勝手に同志か仲間のような意識でいたのだ。しかし、現実はまったく違っていた。

エレトーンは令嬢たちがやろうとしていたことに、まったく共感も賛同もしていなかった。

エレトーンはにこやかに聞いていたのではなく、冷ややかに微笑んでいただけ。目が笑っていないことに令嬢たちは気付くべきだった。

「あの子に婚約者を取られたみたいで不満なのは理解できるけど……自分の品格を落としてまでやることかしら？」

「「「そ、それは」」」

「あの子は、教科書を破られて悲しむようなか弱い女性？　むしろ、あなたたちの婚約者やアラート殿下に〝皆に虐められて怖いですぅ〟って泣きついて、こちら側が報復されるのではないかしら？」

令嬢たちは、エレトーンに言われてやっと気付いたのか、ハッとして互いに顔を見合わせると、黙り込んだ。

怒りで我を忘れていたのだろう。

言いたくもないが、その籠絡された男どもの中に、エレトーンの婚約者がいるのだ。

エレトーンの婚約者、すなわち王太子。

恋に溺れた王太子ほど厄介なものはない。

「婚約者に恋情があるにしろないにしろ、あなたたちがすべきことはこんな低俗な嫌がらせじゃないわ」

それをエレトーンに言われてよくわかった。しかし、令嬢たちはこの行き場のない怒りをどうしていいかわからなかった。

「婚約者が好きなら、あの子にあたっても余計に嫌われるだけよ。だから、アプローチを変えた方がいいわ」

「変えるって……？」

婚約者に文句を言っても、いい返答があった試しはなかった。なら、どうしたら？　と令嬢たちは思ったのだ。

「そうね。ローラ様は地がイイのだから、化粧はナチュラルに……」

「……ん！」

そう言ってエレトーンが令嬢たちに近付き、一番近くにいたローラの頬を軽く触れば、ローラは変な声を出して顔を真っ赤にする。

正直言えば、ローラが伯爵令嬢だということは知っているけど、素顔なんてエレトーンは知らない。マイラインのように家に行き来する仲でないのも要因だが、なにより化粧が濃いのだ。友人たちも同じように濃いから、正解がわからないのだろうと推測する。

だからといって、「化粧が濃い」とハッキリ言うほど、エレトーンは野暮ではない。そこはうまく濁して、ローラにはローラに合ったメイクを教えればいい。

「そちらのお友だちもよろしければいかが？」

「「ありがとうございます‼」」

羨ましそうに見ている令嬢たちも声をかければ、先ほどの怒りは吹き飛んだのか、いい笑顔を見せた。やっぱり、笑っているのが一番である。

自分を蔑ろにする婚約者のために、自分を下げる必要なんてないのだ。構ってくれないなら、婚約者を捨てる。それができないのなら、その恨んでいる時間を、自分のために有効活用した方がいい。

「そうだわ！　ＴＰＯに合わせたメイクや、ドレスの講座を我が家で開きましょう」

エレトーンが改めて、侯爵家でやりましょうと提案すると、ローラたちは小さく歓声をあげた。

　こうしてまた、エレトーンは知らず知らずのうちに人脈を作り人気を集めていたのであった。

「マイラインも……ね？」

　エレトーンにそうチラリと見られれば、ローラたちの熱い視線も集まって、マイラインは頷くしかない。

「わかったわよ。自分磨きをするっていうなら私も手を貸すわ」

　正直マイラインにとって、彼女たちなんて放っておいてもいい存在だ。だが、落ちていくさまを見てほくそ笑むほど、性格は歪んでいない。

　よくよく見れば磨けばそれなりに光りそうだし、なにより身分がある令嬢たちだ。これがキッカケで今の婚約者と元に戻ったり、新たな貴族と結婚したりともなれば……。

　そう思ったマイラインは、ここで恩を着せておいても損はないと踏んだのである。

「もし、政略結婚だったなら私が相談に乗ろう」

　この話の流れでなにもしなかったら、アレックスだけが印象に残らず、ただエレトーンについてきただけの存在になってしまう。

　それだけは避けたかったアレックスは、わざとらしく咳払いし、マイラインも手を貸すなら……と声をあげた。

　アレックスも、マイライン同様に令嬢たちがどうなろうと構わなかった。だが、この令嬢たちが、あるいはその伴侶がいずれは使えるかもしれないと算段し、協力したのであった。もちろん、エレトーンにいいところを見せる好機だと踏んだのが一番だけど。

「あ、ありがとうございます。エレトーン様‼」

「こんな私たちのために、マイライン様やアレックス殿下にまで、手を貸していただけるなんて……」

令嬢たちは、寛大な温情に……そして思わぬ提案に感極まり声が震えてしまった。

未遂とはいえ、しかるべき処置があってもおかしくはなかったのだ。なのに、エレトーンを筆頭に公爵令嬢や第二王子まで相談に乗ってくれる。こんな強い援護があるのなら、カリンのことなどもはやどうでもよくなっていた。

「ちょっと用を済ませてから、生徒会室に行くわ」

「私も」

エレトーンが自分の教室に書類を取りに行こうとすると、マイラインとアレックスがにこやかにそう言ってきた。

勘のいいエレトーンはその笑顔に違和感を覚えたが、あえてスルーすることにした。

「ほどほどに……ね」

だが、一応忠告はしておく。

マイラインとアレックスの性格は、それなりに知っているつもりだ。用とはこの令嬢たちにだろう。

――エレトーンが去った後。

マイラインから令嬢たちに、軽いお咎めがあった。

「エレトーンの代わりにだなんて言い方、やめてくださる？　エレトーンの名は免罪符じゃないのよ？　本人がいないところで勝手なことをして、それをまるでエレトーンも望んでいるみたいに……。あなたたちがそうすることによって、エレトーンが関与していないことまで、彼女のせいになるじゃない。エレトーンを貶めたいの？」

「「「そ、そんなつもりでは……」」」

「なら、どんなつもりなの？　たまたま目撃したのが私たちだったからよかったものの、他の者だったら？　その時に、エレトーンの名を少しでも出したら、あなたたちになんの意図がなくても、聞いた方はいいように解釈するのよ？」

「そ、それは」

「しかも、そのせいでエレトーンがやらせただの、やっただのと、やってもいないことまで彼女のやったこととして広まるだなんて……仮にあなたたちがよかれと思ってやっていることでも、エレトーンがそれを望んでいない以上、それはただの自己満足でしかないのよ。エレトーンの顔に泥を塗るような真似、しないでくださるわよね？」

そう公爵令嬢に有無を言わせない勢いで脅さ……注意を受けた令嬢たちは、先ほどとは打って変わり壊れた人形のようにコクコクと頭を振った。

「意外だね」

令嬢たちが去った後、アレックスはおもしろそうに笑った。

マイラインが自分の言いたいことを先に言ってくれたため、アレックスは出る幕がまったくなかった。

だが、同時に意外だなと、アレックスは思う。

マイラインはてっきりエレトーンを敵視しているか、嫌っているか、その両方かと認識していたのだ。なのに、エレトーンを擁護している。アレックスにはそれが不思議でならない。

「君、エレトーンのことを嫌っているのかと思っていたよ」

「いったい、いつの話をしていますの？」

確かにマイラインはエレトーンを毛嫌いしていた時期があった。

しかし、それは大分前のこと。アレックスは学園にあまり来ない上に学年が違うため、知らなかったのだろう。

「まぁ、確かに以前は嫌いでしたので誤解されても仕方ありませんが……今はたまに意見の食い違いで言い合うくらいで、仲は良好ですわよ？」

「ふ〜ん。なら、君の雰囲気が柔らかくなったのも、そのおかげか」

以前のマイラインはツンとしていて、身分を笠に着た嫌みな雰囲気(オーラ)を纏(まと)っていた。

だが今はエレトーンに似て凛としている。エレトーンに対する認識が変わり、私生活も変化したのかもしれない。

「柔らかく？」

自分ではまったく気付いていなかったのか、マイラインは頬に手を当て少し驚いていた。

「綺麗になったってことだよ」

「まぁ」

予想だにしなかった言葉に、マイラインは顔を綻ばせた。機嫌取りばかりの上面の言葉が多い中、アレックスの言葉は本心からだとわかったからだ。

「どんな心境の変化があったか聞いても？」

「ふふっ、教えてあげましょうか？」

アレックスが、純粋にマイラインの心境の変化を聞けば、気をよくしたマイラインはキッカケを話し始めたのであった。

※※※

マイラインとエレトーンが初めて会ったのは、およそ十年前。

マイラインは国王を伯父に持つ、公爵令嬢。国王の妹である母に似た綺麗な顔立ちは、マイラインも自慢だった。娘がいない伯父の国王にも、かわいがってもらっている。

その蝶よ花よと育てられたマイラインに衝撃を与えたのが、侯爵令嬢のエレトーンの存在だった。

マイラインと同じ年齢で身分も近いエレトーンが出会うのは、偶然ではなく必然。もはや、運命だったと言っても過言ではない。

マイラインはずっと、この国で自分が一番かわいいのだと思っていた。

だが、エレトーンを初めて見た瞬間——生まれて初めて敗北感を覚えた。

光り輝く黄金の髪にアクアマリンのような綺麗な瞳、小さく形のいい唇、洗練された仕草。

花が咲いたようなかわいらしい笑顔と耳に心地いい凛とした声。

そのすべてが、マイラインに衝撃を与えたのだ。

それと同時に、ひどく自分が醜く感じ……あの子を貶めたいと思ったのだ。

エレトーンがいる限り、自分は一番ではない。

彼女と会うたびに、お前は二番だと思い知らされているみたいで、許せなかった。

危害を加えるまではしなくとも、嫌な噂や陰口を広めて、いつかあの美しい顔を歪めたいと思うようになったのだ。

だが、パーティーで会った時にドレスにワインをかけても、仲間たちとわざとらしく罵っても、エレトーンは涙を見せることも、マイラインに屈することも決してなかった。

それどころか、エレトーンはますます綺麗になっていったのだ。


——パシッ。


そんなある日。

なにをしても一切揺るがず気高いエレトーンに、マイラインは思わず手が出てしまった。

「あなたなんてお父様に潰してもらうんだから‼」

公爵の身分を笠に着て、マイラインはエレトーンを屈服させてやろうと口にした。

さすがのエレトーンも身分を盾にされたら、動揺し頭を下げるだろうと考えた。だが、エレトーンは頭を下げるどころか、マイラインにたたかれた頬をなぞり、鼻で笑ったのだ。

「いいですわよ」と。

「え？」

それに動揺したのは、マイラインの方だった。

公爵と侯爵。そこには決定的な身分差がある。さすがのエレトーンも身分を出されたら公爵令嬢であるマイラインに逆らわないと、そう思っていた。

だが、それでもなお屈服などせず、凛としている。

「それで、あなたは〝稀代のバカ公女〟のレッテルを貼られるのですね」

「は？」

「自分の我儘のために、権力を使って無実の女を貶めた〝稀代のバカ公女〟マイラインと歴史に名を残すのですか？」

「は？　なにを言って――」

「自分の欲のために、他人の人生を台無しにすればそう言われるでしょう。あぁ、ひょっとして……我が家がおとなしくしているとでも？　少なくとも父は私になにがあったか調べますわよ」

「そんなの――」

「権力でもみ消すと？　さて、それはどうですかね。侯爵の名は伊達ではないんですよ？」

「う、うちは王家の血筋で公爵な――」

次々と正論でエレトーンにたたみかけられて、マイラインが負けじと反撃に出れば、エレトーンはものすごく残念そうな表情を浮かべたのだ。

マイラインはその表情に、思わずグッと言葉が詰まった。

「私……マイライン様は、令嬢の頂点に立つ高貴な御方でずっと素晴らしい方だと尊敬しておりました」

「……え？」

「ですが……私のような小者に、こんな幼稚な所業をするなんて心底失望いたしましたわ」

そう言って今度は涙を流し始めたのだ。

マイラインはエレトーンのその姿に、愕然としてしまった。

今まで、エレトーンを貶めたい泣かせたいと何度思ったことか。だが今、目の前で泣いたエレトーンを見ても、嬉しいという感情は少しも湧いてこなかった。

むしろ、なぜか虚しい。

しかも、自分をバカにしていると思っていたエレトーンが、実は尊敬してくれていた。そのエレトーンが、今は自分に失望して泣いている。

（違う、エレトーンをこんな風に泣かせたかったわけじゃない‼）

マイラインの心はざわついていた。

「……あ」

エレトーンの泣いた姿に思わず動揺したマイラインはなにも言えず、肩を落として去るエレトーンの背をただただ見ていただけだった。

「あら、そんなことがありました？」

後日、その話をした際にエレトーンは惚（とぼ）けた様子でそう返し、ふてぶてしく紅茶を飲んでいたのを思い出す。

——あの時。

エレトーンの言葉で目が覚め、自分を見つめ直したマイラインは姿勢を正した。

公爵家の娘として令嬢の手本と呼ばれるよう……表向きだけでも態度を変えた。

変えたことによって、自分を取り巻く環境がガラリと変わるなんて想像もしていなかった。

なにより一番変わったのは父だ。

兄ばかりにかまけていた父が、あれをキッカケに自分を見てくれるようになったのだ。

そして、エレトーンと比べ卑屈になっていた頃より、父に褒められることが断然多くなった。

見向きもしてくれなかった父が『いい顔つきになってきた』『公爵家に恥じない令嬢になった』と、言葉にして褒めてくれれば、マイラインも気分がいい。いよいよ自分磨きを熱心にすることになったのだった。

おかげで、他の令嬢たちからも、羨望の眼差しで見られるようになり、マイラインは優越感を得られた。こう見られたかったのだと、現状に満足している。

今考えると、あの時のエレトーンに踊らされた感はある。

だが、踊らされてよかったと思う。あの時のままだったら父には見放されていたし、エレトーンには本気で失望され、幻滅されていただろう。

——ただ。

（あの時のエレトーンが見せた涙は、嘘だったのでは？）

幼かったマイラインは気付かなかったが、今はそう考えるようになっていた。

……だが。

エレトーンとこうして、本音で付き合えるようになったと思えばそれは些細なこと。

彼女といるのは心地いい。親友でありライバル。この関係がいつまでも続くといいなと、マイラインは心から願う。

そしていつか、あの時のことを懐かしんで聞けたら……それでいい。

※※※

「そういう、アレックスはどうなの？」

自分の変わったキッカケを話していたマイラインは、ふと考えた。

マイラインが変わったというなら、アレックスだってそうだ。

マイラインの知っているアレックスは、表舞台に立つなんてことは考えない人物。目立たず、日陰を歩く王子だった。アラートが陽なら、アレックスは陰。

いたとしても、常に誰かの陰にヒッソリと身を隠すようにしていた。

それが最近、学園に来てはちょくちょく自己主張のような行動をしている。以前のアレックスからは絶対に考えられないことだ。

自分がそうだったように、彼にもなにかあったのではと推測してそう聞けば、アレックスは「内緒」と、いたずらっ子のように笑ってみせただけだった。

※※※

第二王子であるアレックスがエレトーンと出会ったのは、ふたりがまだ幼き時。

記憶が確かなら、エレトーンは十歳、アレックスは七歳だった。

その頃のアレックスは、目立たずヒッソリと、日々怯えた生活を送っていた。

父である国王は、王太子になる兄アラートと自分を、分け隔てなく育ててくれた。それがありがたい一方で、弊害が起きていたのである。

王太子の選定も一応は兄を優先としていたが、弟である自分の方がより素質があるならそちらにすると、国王は一部の貴族に公言していたせいだ。

王は仕事となると機微に聡いが、私事となるとものすごく疎い。

そのため、アラートの母であり第一王妃のミリーナが、我が子のためならばなんでもする人物だと知らない。そう、文字通り〝なんでも〟だ。

国王が知らなくても、聡いアレックスは彼女がそういう人だとよく知っている。

そのため、アレックスは変に兄より目立てば、ミリーナに命を狙われると悟っていた。

第二王妃であるアレックスの母スザンヌは、権力争いには興味がない。平穏であるなら、誰が王位に就こうと構わないと思っている。

なので、自分の息子でなく第一王子であるアラートがなればいいと公言していた。だが、空気を読むのが貴族というもの。スザンヌは息子に王位をと願っているのだが、ミリーナの手前、公言できないのだと周囲は勝手に忖度する。

スザンヌの方が生家の爵位も侯爵と高く、男爵令嬢だったミリーナより遥かに後ろ盾が強い。これが当時、逆かハウルベッグ侯爵が後ろ楯についていたのなら、周囲を黙らせることもできたが、残念ながら現実は厳しい。

寵愛だけで登り詰めたミリーナは、結婚後も身を飾ることや磨くことには時間をいくらでも費やすが、公務や政務は一切しない。そのため、スザンヌがすべて任されていた。

それでも少しはやる気を見せればいいものの、ミリーナはスザンヌを仕事しか取り柄のない妃だと、バカにするだけでなにもしない。それにより、スザンヌ派は怒りをため込んでいったのだ。

そこへ、王の分け隔てない子育て……である。

一見すればいい王、いい父だが王位継承まで分け隔てなくとなれば、話は違う。おかげで、元より派閥がある貴族たちの溝は深くなるばかりである。

しかも、特段アラート王子に秀でたところがないとなれば、アレックス王子は兄を押し退け王になれる可能性が高くなり、存在しているだけでミリーナに忌み嫌われるのであった。

そんな苛烈な義理の母を見ていたアレックスは、人の顔色を読んでビクビクするような子供になっていたのだった。

兄と変わらぬ家庭教師がつくことになったが、アレックスはサボりがちになり、フラフラとしていた。

万が一、兄より勉強ができて目立ってしまったら、ミリーナに消されると思っていたからである。


——そんなある日。

アレックスはいつもの通りに勉強の時間に部屋から抜け出し、秘密の通路から城を出ようと、王宮の裏側に向かっていた。あまり一般には知られていないが、王宮の裏にも庭園がある。その庭園は、歴代の王妃や王女が自分の気に入った花を育てるために、造らせたもの。

だが、現在ふたりの王妃は花を育てるのも、観賞するのも興味がないので、王宮内で飾るための花を育てる庭園となっている。そこの一角に、王族と管理者のみ知る抜け道があるのだ。

何者かに王宮を占拠されそうになった時に、逃げるための抜け道。

こんなところにいるより街で散策する方が窮屈でなく楽しいので、アレックスはそこから王城を出ようとしていた。

普段なら、こんな外れの庭園などに、管理人以外ほとんどいないのだが、今日は珍しく先客がいた。

それも、大人ではなく自分と変わらない年頃の少女が、噴水の縁(へり)に座って本を読んでいたのだ。

ここに人が寄りつくのは驚きだが、自分と近い年齢の子供がいるのはもっと驚きである。なぜこんなところにいるのか、アレックスは思わず足を止めた。しかし、少女はこちらに気付く様子もなく、顔にかかる髪をかき上げた。

——その時。

アレックスは息を呑んだ。

少女が髪を耳にかけ、顔がハッキリと見えると——

そこには陽の光を浴び、さらにキラキラと輝いている小さな女神がいたのだ。アレックスは一瞬にして心を奪われてしまった。

「アラー……ん？　ひょっとしてアレックス殿下……ですか？」

「……っ」

見惚(みと)れていたアレックスに気付いた少女が、かわいらしい瞳を丸くしてこちらを見ていた。

「え？　よく、僕がアレックスだとわかったね」

ふいに名前を呼ばれ、ドキリとしたアレックス。

初めこそ遠目で、年も近く背恰好が似ている兄と間違えたようだが、少女はすぐに違うと気付いたようだ。

王宮によく来る貴族や侍女たちならまだしも、初めて会った少女が自分を知っていることに感嘆する。それが、なんだか嬉しかったから不思議だ。

「王宮にいる子供なんて限られているもの。アラート殿下とはお会いしたことはあるので……」

「なるほど」

確かに、王宮は子供の来る場所ではない。連れてこられたとして、ひとりでウロウロしていること自体が希有だ。となると、うろついてもおかしくない人物になる。消去法で答えにたどり着いたのかとアレックスは納得した。

「で、君は？」

なら、ここにいる少女はどこの誰だろうと、アレックスは疑問に思う。

「失礼いたしました。エレトーン＝ハウルベッグと申します」

スカートの皺を軽く直すように手で叩き、エレトーンは姿勢を正すと、スカートを軽く摘まみ頭を下げた。

「ハウルベッグ」

四大侯爵のひとつハウルベッグ家。

公爵を除けば、事実上ナンバー1と言われている家だと、母に聞いた覚えがある。味方につければこれほど頼もしい家はないが、敵に回したら終わりだと家庭教師が言っていたあの家だ。

「どうしました？」

そんな力のある家の娘だと気付いたアレックスの顔は、つい強張ってしまっていたらしい。なにかをするわけでもしたわけでもないが、怒らせるといいことはなさそうだと、幼いアレックスなりに機敏に感じ取っていたのだ。

「ここでなにをしているの？」

「お父様を待っているの」

「ここで？」

「はい」

そう言ったエレトーンから少し離れた場所に、チラリと人影が見えた。

王族でさえ、王宮内で護衛をつけることはまずない。なぜなら王宮には、各所に警備兵がいるからだ。

だから、あの人影はエレトーンの護衛だろう。侯爵は理由があって娘を同伴させたが、今は大人の事情で待たせているのかもしれない。

「殿下はなにを？」

「……散歩？」

まさか、勉強をしたくないので抜け出した……とは言えなかった。

だがそんなことなど、賢いエレトーンにはお見通しだった。

「勉強嫌いなんですか？　するしないは自由だけど、後々後悔しますよ？」

そう言って小首を傾げたエレトーン。

多分、エレトーンの言っていることは正しい。だが、自分の事情を知りもしないで、した方がいいと暗に言うエレトーンにカチンときた。

アレックスもそんなことはわかっている。だが、できると知られて殺されるのは真っ平だ。なら、自分はバカでいい。

「なにも知らないくせに」

「そうね。だけど、勉強をサボる理由なんて知りたくもないわ」

不機嫌そうに言ったアレックスから一気に興味が薄れたのか、エレトーンは噴水の縁に座り直すと、先ほど読んでいた本に目線を戻した。

大した理由もなく勉強をサボっているのだと勝手に判断したエレトーンには、アレックスはもはやどうでもよくなったのだろう。敬意さえ表さないほどに。

——パシッ。

そのあからさまな態度にアレックスは、思わず手が出てしまった。

「なにするのよ!?」

突然、持っていた本を叩かれて地面に落とされたエレトーンは、アレックスを睨む。

「僕のことをなにも知らないくせに、勝手なことを言うなよ‼」

「なら、勉強をサボる正当な理由はなによ？」

　護衛に守られ、命の危機さえ感じたこともなく、ぬくぬくと大事に育てられているエレトーンに、自分の気持ちなどわからないと、アレックスは強い憤りを感じた。

「もし兄上より勉強ができたら、義母上に殺されるからだよ‼」

　言うつもりはなかったのに、アレックスは感情に任せて思わず口に出してしまった。

　護衛に守られて呑気にしているエレトーンが、たまらなくムカつくし羨ましかったからだ。

　こんなのただの八つ当たり。だが、そんなことにも気付かないまま、エレトーンに当たっていた。

　これで少しは、自分の気持ちや立場を理解してくれるだろうと、アレックスは怒りを収めようとしたが……エレトーンが返してきた言葉に絶句した。

「バカじゃないの？」

　そう聞こえた気がしたからだ。

「……は？」

「バカじゃないの？」

　気のせいじゃなかった。

　思わず聞き返す形になると、エレトーンの先ほどまでのおとなしい姿は鳴りを潜め、アレックスをバカにするようにもう一度言ったのだ。

「なっ⁉」

その顔で完全に気のせいじゃないとわかったアレックスは、一度収まりかけた怒りがフツフツと戻ってきた。

面と向かってバカだと言われたのは初めてだった。自分の身になにか起きるくらいなら、バカだと思われた方がいいと思っていたが、人に言われると無性に腹が立つ。

「君は――」

なにも知らないからそんなことを言えるんだ。

そう改めて口にしようとしたら、エレトーンの力強い瞳がアレックスを捉えた。

「殺される時は、なにをしたって殺されるのよ」

アレックスがその瞳に囚われていると、エレトーンは子供らしくない笑みを浮かべた。

その笑みにアレックスはなぜかゾクリとした。それは、幼いアレックスをも惹きつけるような蠱惑(こわく)的な笑みだった。

「バカならその分、早まるだけ」

そう言って、地面に落とされた本を拾ったエレトーンの目は、アレックスを揶揄しているような感じには見えなかった。

だから、自分のもどかしさや、このつらさから逃れる術(すべ)を知っているのでは？と思ってしまった。エレトーンならどうにかしてくれるような気持ちが沸いたのだ。

正直言って縋るような気持ちだった。

「なら、僕はどうしたら……」

「ね？」

「え？」

「そういうこと」

なにがそういうことなのだろうか？　バカにしているのだろうか？

なにか助言が返ってくるかもと期待していただけに、ガッカリより憤りを感じた。

怒鳴りたい気持ちを抑えて、なにがと口を開きかけたその時——

エレトーンが小さく笑ったのだ。

「知識や経験があれば、今の状況もすぐに対処できたでしょう？　勉強って別に教科書だけが勉強じゃないの。身を守る剣術、護身術を学ぶのも勉強。こうやって本を読んで知識を得るのも勉強みたいなものよ」

そう言ってエレトーンが見せてくれたのは、薬草学の本だった。

アレックスはてっきり童話かなにかかと思っていたが、彼女がそこで読んでいたのは、子供が読む本ではなかった。

「毒を以て毒を制す」

「……え？」

「逃げるが勝ちなんて言葉もあるけど、それはあなたには合わない言葉だわ。バカなフリとバカでは全然違う。だから、生き残りたいなら、敵を知り敵より力をつけることよ」

「敵より……どうやって」

家庭教師にできるところは見せられない。なぜなら、家庭教師は国王に従順だ。勉強の進み具合を逐一報告していることだろう。

（どうしたら？）

そう思っていたら、エレトーンはフフッと笑った。

「家庭教師にはあまりできないフリして、自分で復習する。あとは独学かしらね」

「……独学」

「私だったらそうするわね」

そう言ってアレックスに渡してきたのは、読んでいた薬草学の本だった。

「え？」

「骨くらい拾ってあげるわよ」

口では大概なことを言われたにもかかわらず、アレックスには〝頑張って〟とエレトーンにトンと後押しされたような気がした。

そんなことは知らない、自分で考えろと突き放されると思っていたアレックスは、エレトーンの言葉に身体に電気が走るような衝撃を受けた。

逃げるだけで、戦うなんて考えたこともなかったからだ。勉強さえできなければ、目立たなければどうにか生きていけるとずっと考えていた。

だけど、逃げていても怖いだけで終わりが見えない。いつでも戦えるようにしておくことが生きながらえることに繋(つな)がると、アレックスは教えてもらったのだ。

彼女にもっと教えてほしい。

彼女ともっと話がしたい。

次にいつ会えるだろうか、そう聞こうと顔を上げると、エレトーンは父親が迎えに来たのか、護衛に呼ばれて行ってしまった。

そこに残されたアレックスの心には、ぽっかり穴が空いたような空虚感が残っていた。

たった十数分ほどの間。そのエレトーンとの短い時間が、アレックスの人生を変えたのだ。

(また会えるだろうか?)

エレトーンが消えた場所をしばらく見ていたが、ふと手にしていた本に目線を落としペラペラとめくれば、その本は薬草だけでなく、毒についても記載されていた。

「毒を以て毒を制す……か」

アレックスはエレトーンの言いたいことがなんとなくわかり、エレトーンの言葉を反芻(はんすう)する。

今まで逃げることしか考えてこなかったアレックスに、エレトーンの言葉は衝撃的だった。

だが、エレトーンのこの言葉で……アレックスの生きる道に光明が差した。

そして、この日を境に、逃げるだけ受け身だけの生き方を捨て、反撃できるように学び始めた。

こちらからわざわざ仕掛ける気はない。だが、来るなら全力で叩き潰せるように力をつけておこう……と。

エレトーンは、よくも悪くも眠れる獅子を起こしたのであった。

※※※

そんな幼い頃に、眠れる獅子を起こしていたなんて知らないエレトーンは――

数日経った放課後。いつものよう生徒会室に来ていたが、なぜかそこにいるアレックスと笑顔で話すマイラインを若干引き気味に見ていた。

アラートがいないのはいつも通りであるが、アラートの代わりにアレックスがいるのは想定外だった。しかも、マイラインと仲よさげにしているから、なにか企んでいるのではと疑いの目を向けている。

「アレックス殿下が手伝ってくれると、あっという間に終わりますわね」

学校行事のことなのでそんなに難しいことはないが、言われるまでもなく瞬時に理解し、次々と書類を片付けていくその判断力と決断力に、エレトーンは驚き感服していた。

マイラインも、感嘆していたほどである。

「お褒めに与り光栄にございます」

「まぁ、アレックス殿下ったら」

茶目っ気たっぷりにアレックスが頭を下げれば、マイラインは楽しそうに笑った。

アラートだったら、こうはいかない。言葉遊びも冗談も通じない以前に、マイラインのこともエレトーン同様に嫌っているからだ。

「従姉弟なのですから、殿下は抜きで」

「では、私のこともマイラインと」

そんなに仲がよかったように思えなかったふたりが、いつの間にか親しくなっていることに、エレトーンは驚いていた。

エレトーンの話題で盛り上がり、そこから打ち解けたことをエレトーンが知る由もなく、不審な表情さえ浮かぶ。

「エレトーン。アラート殿下なんて捨てて、アレックスと結婚すればよろしいのに」

「は？」

そんな顔で見ていたら唐突にマイラインがそう言ってきたので、エレトーンは声が裏返るところだった。

アラートとの結婚は、王命ではないが、王妃からの厳命だ。それをこちらから一方的に解消できるわけがない。それはマイラインもわかっているはずなのに驚きだ。

「女に現を抜かすバカ王子より、アレックスの方がいいですわ」

まぁ、一理あるどころかその通りだ。

愛だ恋だと情がなくとも、夫となる人とは信頼関係で結ばれていたい。

自分がやりたくない仕事を婚約者に押しつけて、女遊びする男なんて絶対に御免だ。

自分がアレックスと結婚するかはさておき、遊び呆けているアラートよりは国のためにもよさそうである。だが、残念ながらエレトーンに相手を選ぶ権利はない。

「できるものなら、変更願いたいですわね」

アラートに疲れていたエレトーンは、思わずぼやいてしまった。

この言葉に他意はない。ただ、アラートよりアレックスの方がいいと同意したにすぎない。

いつもならサッと流していただろうが、この時のエレトーンは心底疲れていた。いつも通りアラートのやらない仕事を代理でこなし、生徒会の引き継ぎ資料の作成。卒業を前にいつも以上に雑務が増えていたのだ。

それに加えて、自分の将来のこと考えると、さすがのエレトーンも余裕がない。

だから、この時にマイラインとアレックスが、意味ありげに目配せしていたことにまったく気付いていなかったのであった。

二章　ハウルベッグ侯爵家の悪巧み

エレトーンはふたりの動向を気にする暇もなく、相変わらずの憂鬱な毎日を送っていた。受けたくもない王妃教育が始まっていたし、アラートが遊び呆けているための皺寄せに頭を悩ませていた。

アラートに恋情はないが、婚約者である以上、最低限の尊重はしてほしい。それができないのなら、この婚約なんて白紙にすべきだ。

無駄に過ぎていくこの時間を、エレトーンには不毛に感じていたし、そんな意味のない日が続くかと思うと、すべてを投げ捨てたい気持ちになっていた。

——ため息を呑み込んでいると。

「アラート殿下とはうまくいっているのか？」

今までそんなことなどなにも聞いてこなかった父であるハウルベッグ侯爵が、まるで天気の話でもするように聞いてきたのだ。

そうだった。

今は侯爵家で、夕食の時間。

いつもいない侯爵の存在を、どこかに無意識に追いやっていた。侯爵もエレトーンもせわしなくしていて、家族団らんなんて久々だなと、こんな時に改めて思った。

今日は弟ハービィもエレトーンの隣に座って、食事を摂っている。ふたつ離れた弟は、自分とは違ってたれ目のかわいらしい子である。

「うまくいってないのか？」

再び考え事をしていたエレトーンは侯爵にもう一度問われ、一気に現実に引き戻された。

「そうおっしゃるってことは、ある程度は把握しているのでは？」

娘のことを心配しているような言葉だが、今のエレトーンには責められているように感じられてついイラッとした。

誰のせいで日々忙しい生活を送る羽目になったのか。少しくらい娘を労う言葉があってもいいのに、口を開いたと思ったらこれだ。

国王陛下の右腕として王宮で働く父が、アラート王子の動向を把握していないなんてあり得ない。ましてや、父はアラートの後ろ楯になっているのだ。自分よりも詳しいだろう。

舌打ちしたい気持ちを抑え、エレトーンはチラリと侯爵を見ると、表情ひとつ変えずにグラスの水を飲んでいた侯爵が一瞬眉をピクリと動かした。質問返しが気に入らなかったのだろう。

「そうやって、お前がかわいげがないからうまくいかないんじゃないのか？」

エレトーンはカチンときた……が、そんな安い売り言葉を買うつもりはない。

むしろ、こっちが売ってあげると、意味ありげに笑ってみせた。

「では、愚かな私にご教授を。侯爵のおっしゃるかわいげとは？」

「……っ！」

娘にそう言われた侯爵は、今度はあからさまに不機嫌そうな表情を浮かべた。

「そういうところだ！」

「どういうところでしょう？　幼き頃には当主教育、アラート殿下と婚約したら王太子妃教育、習得したら今度は王妃教育、その合間に学園通い。それだけで眠る暇もないのに、見目も磨いた上にかわいげ？　ねぇ、私にどれだけのことを求めるのですか？　あぁ、どこかの王子曰く、ニコニコ笑っているだけで王妃が務まるとでもお思いに？」

「……っ！」

「そうそう、知っていました？　王妃って王妃の仕事だけでなく、王の政務や公務をサポートしたりするのですよ？　あぁ、本当に男はいいですよね？　暢気で」

「……なっ！」

「ブクブク太っても仕事さえしていれば、女と違ってなにも言われないですし？」

エレトーンはわざとらしく、テーブルで隠れている侯爵の腹に視線を落とした。

人にかわいげだなんだと言うくらいなら、自分は完璧なのかと、嫌みを込めて。

「エレトーン‼」

エレトーンの視線が、自分のぽってりしたお腹にあるのに気付いたのか、侯爵は立ち上がろうとした。

だが、エレトーンはそれをかき消すかのように、わざとガシャンとグラスを乱暴に置いた。

「ではどうしろと？」

侯爵は睨んでいるが、そんなものは微塵も怖くない。

思わぬエレトーンの反撃に押し黙った侯爵を見て、エレトーンは続けた。

「女が男より前に出るとかわいげがないと文句を。ならばと、ニコニコ笑ってなにもしなければ、愛想ばかりで教養が足りないとおっしゃる。ねぇ侯爵、私にどうしろと？」

「……」

「挙句の果てには……仕事を放り出して不貞行為。それすら私の責任だと？」

「……っ！」

エレトーンの最後の言葉には、さすがに思うところがあったのか侯爵はグッと押し黙り、決してエレトーンのせいだと口にしなかった。

エレトーンが改めて侯爵を感情のない目で見て「最後にひとつ……お聞きしたいことが」と言えば、それにはさすがの侯爵もまだあるのかと、少し身を強張らせる。

エレトーンがキレていることに、やっと気付いたのだろう。

「国王陛下が〝お前と閨(ねや)を共にしたい〟とおっしゃられたら、侯爵は当然、陛下に身を委ねるのですよね？」

「……は？」

「陛下と一夜を共にいたしますよね？」

「するわけないだろう‼」

一瞬エレトーンがなにを言ったか理解できなかったが、二度言われた侯爵はテーブルを叩き立ち上がった。

腕を擦り、身震いしてみせたのだから、想像してしまったのだろう。

「私がアラート殿下に嫁ぐとは、そういうことなのですよ」

「……っ！」

「まさか、男と女は違う？　そんな無神経なことはおっしゃいませんよね？　侯爵」

「……」

エレトーンに今までにない冷たい目で見られた侯爵は、目を見開いたまま黙っていた。

さすがに、ここまで露骨に言って伝わらないほど、侯爵は鈍感でもバカでもないようだ。

政略結婚とはいえ、アラート王子は身分も見目もいい。侯爵は、政治をわかっているエレトーンが、嫌がっていると露とも思わなかったのだ。

食事の終わったエレトーンは、これ以上話はないとばかりに、勝手に席を立つと、去り際に侯爵の耳に顔を近付けた。

「男はいいですね？　〝妻以外〟でも抱けるようで……」

「なっ‼」

そういうところはあなたに似ていますよと言えば、〝誰が〟とは言わなくともわかるだろう。

エレトーンは意味ありげに口端を上げ、給仕にごちそうさまと言って食堂を出たのであった。

「あなた？」

去り際に言われたひと言に侯爵が唖然としていると、それを不審に思ったステラは眉根を寄せていた。

エレトーンになにを言われて、なにがそんなにも引っかかり立ち竦んでいるのかと。

「あ、いや」

妻の顔から、思わず目を逸らしてしまった侯爵。

まさかな……。

侯爵はそう思いたかったが、娘が聡いことは自分がよく知っていた。

エレトーンは自分のことを言っていたわけではなく、世間の男を揶揄して言っただけだが、身に覚えしかない侯爵は脂汗をかいていた。

「父上？」

「あ、いや、エレトーンが嫌みのように〝侯爵〟なんて呼ぶからつい」

そう言ってごまかした侯爵は、はたと気付いた。

エレトーンは最近自分のことを〝父〟と呼んでいたか？……と。いくら考えても、エレトーンが普段自分を父と呼んでいたのか、侯爵と呼んでいたのか記憶がない。それほどまでの距離ができるほど、エレトーンと一緒に過ごす時間を作っていなかった。

……そのことに気付いた侯爵の背中に、今度は冷たい汗が流れる。

「え、今更？」

エレトーンの隣に座っていたハービィが、キョトンとして言った。

「姉上。もうずっと前から、父上のことを侯爵って呼んでいるよね？」

「え」

ずっと前から？

ずっとと言うのだから、昨日今日ではないということ。ではいつから？

そう考えたが、侯爵の記憶にはまったく心当たりがなかった。

「えって……」

そんな侯爵に、ハービィが呆れた様子でため息をつく。

「母上、教えてあげなよ」

「え」

いつ頃から父と呼ばなくなったのか。

ハービィが呆れ果ててステラを見れば、ステラも同じように驚いた表情をしていた。その表情を見たハービィの表情が、スッと消えた。

「ねぇ、もしかしなくても……母上も知らなかったの？」

「え、いやねぇ、まさか」

かわいらしくコテンと首を傾げ、ホホと笑うステラ。

そんなステラを蔑むように見るハービィ。仕事しか頭にない侯爵は最低だが、碌に仕事をしていないステラまで娘に無関心なんて、最悪だ。

「「……」」

侍女たちもそう思ったのか、食堂には絶対零度の空気が流れていた。

「ジム」

ハービィは両親をさらに冷たい目で見ると、執事長に声をかけた。

「〝政略結婚〟が決まった時からだと」

ジムはハービィがなにを求めているのか瞬時に悟り、僭越ながらと無表情で答えた。

〝アラート殿下〟と、敢えて言わないのはジムも思うところがあるのだろう。

侯爵がその言い方に引っかかっていると、控えている侍女たちもなぜか冷ややかな目を向けているではないか。

こんな表情を向けられたことのなかった侯爵は、怒りより背筋が冷えていた。

そのことに気付いていなかったのは、私たち夫婦だけだと……そう言われている視線だった。

「侯爵家に生まれたのだから、政略結婚くらい」

自分は悪くないとばかりにシレッと言ってみたが、「だからといって無関心ってどうなの？」とハービィによって冷たく返されてしまった。

反論しようにも、娘がいつから父と呼ばなくなったのか気付いていなかった。それを無関心と言われると痛いが、言い訳くらいと再び口を開いた。

「無関心では――」

「父上たちの関心は娘の幸せより、自分の立場でしょう？」

「そんなわけ――」

あるわけがない！と反論しようとしたが……。そう思われても仕方がないと、言わざるを得ない。

「なら、今年、姉上の誕生日にはなにを贈ったか教えて？」

「え……？」

「なにを贈ったの？」

「……」

「なら、姉上が昨日着ていた服の色は？」

「そ……それは」

「それは？」

「……」

「だから〝侯爵〟と呼ばれるんだよ」

エレトーンに続きハービィにまで冷笑され、侯爵はとうとうなにも言い返せなくなってしまった。

いつからエレトーンの誕生日に、なにも贈らなくなってしまったのだろう。思い返してみれば、それもアラート王子と婚約してからだったかもしれない。

もう、自分がしてやる必要はないと、勝手に判断してしまっていた。

決して蔑ろにしていたつもりも、無関心でいたつもりもない。だが、そう思われても仕方がない行動だった。

「あなた」

ステラも同様だったのか、不安そうな表情をしている。

だが、今の侯爵に妻を慰めてやる余裕などあるわけがなかった。

「……」

国母の父という肩書きに惹かれたのは確か。

貴族の娘が恋愛結婚は稀。それはエレトーンもわかっていたはず。だが、〝陛下〟と例えまで出され、さすがになにも感じない侯爵ではなかった。

「ひとつ確認しておきたいのですが、万が一にも殿下と破談になりましたら、お嬢様を追放なさるおつもりなのですか？」

「追放なんてするわけないだろう‼」

執事長ジムが無表情でそう言ってきたものだから、侯爵は怒鳴ってしまった。

娘に関心がないと思われたとしても、婚約がダメになったからと傷ついた娘を家から追い出すほど、非情ではない。

醜聞になると考えないわけではないが、それくらい消してみせる。

「お前たちは、私がそんなことをすると思っていたのか」

「「「……」」」

ハイと頷きはしなかったが、イイエと否定をしないジムたち。

それはもはや、肯定と同義であった。

「なっ！」

そんな非情な人間だと思われていたと、憤りを通り越して侯爵が愕然としていると、またもやハービィがシレッと言った。

「『破談になったとしても、お前には帰る場所はないと思え』」

「……は？」

「父上が以前言っていた言葉だよ」

「そ、そんなこと言ったか？」

「言ってたよ。姉上が殿下と婚約した時に」

それからだ、エレトーンが父に一線を引き始めたのは。

食事時だったので、ジムたちもしっかり聞いていた。言った本人が忘れるなんて、どうかしている。

そんな視線が侯爵に突き刺さっていた。

「あ、あれは、本気で言ったわけでなく活を――」

「活？　そのひと言で姉上は逃げ場を失い、強くなるしかなかったのに？」

「親心だ！」

「ふ～ん、追い詰めるのがねぇ？」

「あれはそんなことで追い詰められるような弱い人間じゃない」

「侯爵に姉上のなにがわかるの？」

「な！」

息子ハービィにまで侯爵と言われ、思わず押し黙ってしまった。

ハービィの氷のような視線が痛かった。

「姉上の好きな食べ物は？」

「……」

「得意な学科は？」

「……」

「最近読んでいた本は？」

「なにも知らないくせに、姉上のことを知ったように語らないでください」

「……」

生意気だと叱責しようとしたが、口を噤んだ。

ハービィの言葉に同意しているような執事長たちの視線が、なにひとつ答えられなかった侯爵に、深く突き刺さっていた。

「姉上にもしものことがあっても、家を追い出したりしないでくださいね？」

ガタリと席を立つハービィに、侯爵はたまらずテーブルを叩いた。

「するわけないだろう‼」

以前の言葉も叱咤激励のつもりで、本気で言ったわけではない。

なぜ、この親心が伝わらないのだと、侯爵は身勝手な憤りを感じていたが――

「その言葉だけは信じていますよ。侯爵」

ハービィにも突き放された言い方をされ、とうとう侯爵は頭を抱えてしまった。

子供たちに関心がなかったわけではない。

ただ、エレトーンは幼い頃から、一を聞いて十を知るようなしっかりした子だった。だから、構わなくとも自分の気持ちを理解してくれている気になっていたのだ。

「想いは言葉にして、やっと伝わるんですよ」

古参である執事長ジムの優しい言葉が、頭を抱えた侯爵の心をさらに抉っていた。

「で、でも……」

娘ならそれくらい悟ってくれてもと、ステラが侯爵を援護すれば、ジムの目が冷ややかになった。

「お嬢様の好きな食べ物は？」

「え？」

「好きな色は？」

「……」

「親なのにそのくらいわかりませんか？」

親心を理解しろというならば、まずは子供の心を知るべきである。

ハービィが侯爵に言ったような質問をジムがしたが、妻も答えられなかった。

侯爵たちは、子供たちのことを知ったつもりでいただけだったのだ。


「姉上」

「あら、ハービィどうしたの？」

食堂を後にしたエレトーンが自室でひと息ついていると、ハービィが来た。

五歳年下のハービィは今年、十二になる。この年頃になると姉とは距離を置くようになり、あまり交流を持たなくなると友人たちが言っていた。世間の弟曰く、姉が疎ましくなるらしい……が、ハービィにはそれがなさそうな気がする。

エレトーンがそんなことを考えていると、ハービィが悔しそうに言った。

「僕がもっと早く生まれていれば、父上に引導を渡していたのに……！」

「……引導って」

そう言って謝るハービィを見て、エレトーンは遠い目をしていた。

自分を疎ましく思うどころか、随分と好いてくれている気がする。嫌われるのも考えものだが、これはこれでどうなのだろうと、エレトーンは思う。

「父上は姉上を政治の道具くらいにしか思ってない。いったい、僕の姉上をなんだと思っているんだ」

「僕の姉上って」

大丈夫かしら？この子、と違う意味で心配になってくる。

「大体クソ王子もクソ王子だ。僕の姉上を蔑ろにして、何様のつもりなんだ」

（いや、何様って王子様じゃない？）

「姉上と婚約できた奇跡を、光栄に思うどころか……シメましょうか？」

「シメましょうかって、ハービィ」

（王子は鶏じゃないのだから、シメとけと言うわけにはいかないのよ？）

エレトーンが心の中でツッコミを入れながら、眉間を揉んでいると……。

眉間を揉んでない方のエレトーンの手を優しく握り、ハービィが見つめてこう言った。

「誰がなんと言おうと、僕は世界が終わるまで姉上の味方ですからね?」

「あ、うん? そう。ありがとう」

(世界が終わるまで……それって一生ってことじゃない。弟に嫌われるどころか、愛が重くてドン引きなんですけど)

ハービィになんでそんなに好かれているのかわからない。

「姉上」

「ん?」

「姉上の憂いをひとつ消すために、おもしろい情報を手にしました」

そう言ってハービィが上着のポケットから取り出したのは、何通かの封筒だった。

開けていいの?と目で聞けば、ハービィはニコリと笑って頷いてみせた。

「……っ!」

それは誰かからの手紙ではなく、封はされていなかった。

開いている封筒から数枚の紙を取り出し開いてみると、文字がギッシリと書いてある。そこに書いてあるのは、エレトーンに必要で有意義な情報だった。

「……よく調べたわね」

「姉上のためですから」

そう言って屈託ない笑顔を見せたハービィ。

まだまだ子供だと思っていた弟は、エレトーンが驚くほどに成長していた。姉の今の状況をよく理解しており、なおかつ優位に動ける情報をくれた。

ハービィがいつから調べていたか気になったが、今は幼い子供のように瞳をキラキラさせて待つハービィの頭を、エレトーンはこれでもかというくらいにわしゃわしゃと撫(な)でてあげた。

「ありがとう、大好きよ。ハービィ」

「僕もです!!　姉上」

お礼だけでなく、欲しい言葉を得たことに満足したハービィは、自分より少し背が低くなったエレトーンに抱きつくのであった。

◇＊◇

僕の姉上は美しい。

僕の姉上は頭がいい。

僕の姉上は強い。

才色兼備とは、僕の姉上のためにある言葉である。

僕の姉上がアラート王子の婚約者に選ばれた時は、誇らしかったし当然だと思った。

僕の姉上以外が王太子妃に選ばれるなんてありえない。

僕の姉上が国母になるのだ。

それは僕の中では、当然のことだった。

「なのに、他の女に現を抜かすだと⁉」

姉上と婚約できたこの奇跡を光栄に思い、日々感謝すべきなのに、不貞だと‼

ドレスや靴、宝石を毎月一回は贈るべきだ。

季節ごとに咲く綺麗な花は日替わりで、時には絵画を贈って姉上の部屋を華やかに飾り、そこにいる姉上の心を癒すべきだ。

なのに、どうしてなにもしないんだ。

僕の姉上を仕方なく譲ってあげたというのに……！

「ハービィ様、次はいかように？」

ハービィは自分の手足として使える者たちを、とある人物から借りていた。

それを使って、エレトーンのために動いていたのだ。

「引き続きクソ王子と取り巻き、浮気女の身辺。それと素行調査を」

「はっ」

万が一にも、真実の愛だ純愛だなんて言って、不貞を有耶無耶になどさせない。

ましてや、ありもしない罪をでっち上げられるなんてこと、あってはいけない。

僕の姉上の経歴に傷なんてつけさせない。

姉上の憂いなんて、すべて消し去ってみせる。

ハービィはエレトーンの部屋を後に、そう心に誓ったのであった。

「エレトーン、少しいいか？」

ハービィが部屋を出て、数分後——

部屋でこれからのことを考えながら、本を読んでいると扉の外から侯爵の声がした。

侯爵がエレトーンの部屋に来ること自体あまりない。

よほど、先ほどのエレトーンの言動が気になるのか、それを咎（とが）めに来たのか、声からでは判断はできない。今は会いたくないが仕方がない、どうぞと声をかければ神妙な面持ちで入ってきた。

「なにか？」

ソファーに座るように促したものの、侯爵は押し黙っている。

「侯爵」

エレトーンがそう言えば顔を顰め、諦めた様子で大きなため息をひとつついた。

「そう嫌そうな顔をするな」

無表情を心がけていたつもりだったが、顔に出てしまったのだろうか。

いや、腐っても父親だから見えたのかもしれない。

エレトーンが黙っていると、侯爵はもうひとつ深いため息をついた。

「王妃の父という立場に目が眩んだことは否定はしないが……」

と侯爵が口にした瞬間、先ほどまで持っていた本を投げつけてやろうかと思ったが、続いた言葉に手を止めた。

「お前が常々〝ガラスの天井〟を破りたがっていたから……進めただけだ」

「……〝ガラスの天井〟？」

「そうだ。お前は以前に身分や性別ではなく、能力で人を見極めるべきだと言っていただろう？」

確かに、そう言った覚えはある。

初等部にいた時、歴代の生徒会長や役員は、こぞって高位貴族の令息だった。優秀な令嬢たちが声をあげても、女だというだけで鼻であしらわれていた。

それがどうもエレトーンには引っかかり、侯爵や先生方に突っかかったものだ。それを侯爵は覚えていたのだろう。

だが、そんな小さな時の話をよく覚えている。エレトーンでさえ今、侯爵に言われて思い出したくらいだった。

侯爵としての意見ではなく、父としての意見を初めて聞いたエレトーンは、驚きを隠せなかった。いつも高圧的な侯爵が、今は普通の父親に見えた。いや、昔の優しい侯爵に重なって見えたのだ。

「人には生まれた時点で、既に身分や性別という見えない壁……いわゆる〝ガラスの天井〟がある。どうあがいても破れないそれを破るには、王に直接提言できる……王妃になるしかないだろう」

「だから……私をアラート殿下の婚約者に？」

「あとは、まぁなんだ。利害の一致というやつだ」

「なにが一致なのだか」

足を組んだ侯爵は、悪びれもせず笑う。

どこまでが本音かわからないが、侯爵らしくて思わずエレトーンは苦笑いが漏れていた。

半分は自分のためだろうが、どこかでエレトーンがあがいている姿をチラッと思い出したのかもしれない。そんな侯爵の考えや思いなんて、エレトーンには微塵も伝わっていなかった。

〝ありがた迷惑〟という言葉がしっくりくる。

「アラート殿下はもう少し……」

王の資質があると、そう言いかけて侯爵は自嘲するように笑った。

あの王妃ならそうなるか……と。

反面教師になればよかったのだが、アラートは自分に都合のいいように考えてしまった。

国王とアラートには決定的な違いがあるのに、頭から消したのだ。

それは、兄弟がいるとかいないとか、そういった話もあるが、一番の違いは、国王は仕事を疎かにしてまでミリーナを優先しない。第二王妃であるスザンヌを蔑ろにしないのだ。

愛のないスザンヌでも、そこは公私を分けしっかりと立てる器がある。

だからといって、真似をしていいわけではない。しかも、エレトーンがスザンヌみたいになれるかといったら、絶対に無理だ。そうなる必要もない。侯爵は、エレトーンと話をしているうちに、アラートに腹が立ってきた。

我慢強いエレトーンにここまで言わせている。それだけのことをしてきたのだろう。

エレトーンに冷たく言われ、頭が冷えた侯爵は、婚約を白紙にするべきだろうと考えていた。

「お前はどうしたい？」

そんな考えなど微塵も出さず、侯爵がぶっきらぼうに言う。

「え？」

「アラート殿下とのことだ」

侯爵にどうしたいと聞かれるとは思わなかったエレトーンは、目を見張った。

有無を言わせず我慢しろと言われ、何事もなかったかのように、このままアラートの婚約者をさせられるのだと思っていたのだ。

「どうこうできるのですか？」

「まぁ、現時点では難しい」

「でしょうね」

こんなことを言うのは不本意だが、たかが〝浮気〟。

それをどうにでもできるのが、国王であり王妃だ。エレトーンはどうにかできないかと、不服そうに眉根を寄せた。

そんなエレトーンに、侯爵は思わせぶりな笑みを浮かべる。

「だが、一計を案じることはできる」

思わぬ言葉に、エレトーンは顔を上げた。

まさか、侯爵から援護があると想像もしなかったのだ。

「アラート殿下と婚約を解消するにあたって、口を出してくるのは誰だと思う？」

「スザンヌ王妃かと」

普通だったら自分の息子を国王にしたいと考えるだろう。

だが、スザンヌに至ってはなぜか違う。アレックスの身を案じているのか、決して息子を王太子にとは動かないのだ。

「なら、そのスザンヌ王妃を動かせばいい」

「どうやって？」

スザンヌはミリーナと違って、名ばかりの王妃ではない。

公務には絶対に隣に寄り添い、国王を陰ながら支える人物。そんな相手にはひと筋縄ではいかないだろう。だが、侯爵には口にしたように一計があるようだ。

「ステラにゴルテイン伯のことを聞け」

「お母様に？」

「そうだ」

ゴルテイン伯とはどんな人物かと、エレトーンは記憶を頼りに思い出す。

北北東の国境に位置している地がガーデニン。確かその辺境伯の名前がゴルテインだったと記憶しているが、噂話も聞いたことはないし会ったこともない。

「私は噂程度でしか知らんが、ステラなら私よりも詳しいだろう。うまく使えば、スザンヌ王妃を黙らせることができるかもしれん」

「……」

侯爵がそう言うのだから、ゴルテイン伯はスザンヌのアキレス腱なのかもしれない。

エレトーンは、侯爵が自分に有力な情報をくれたことに少し驚いていた。

「娘を不幸にしたいわけじゃない」

「……」

「骨くらい拾ってやる」

侯爵のその言葉に、エレトーンはどこか既視感を覚えた。

（自分も誰かに言った覚えがある）

ただ、王妃に楯突いて、侯爵家も無事に済むわけがない。

だが、侯爵は切り捨てるのではなく思う存分やってこいと、口端を上げつつエレトーンの背を思いっ切り押した。エレトーンはそんな侯爵に思わず笑みがこぼれた。

侯爵は、今も昔も変わってはいなかった。これから王妃になるエレトーンを思って突き放してみせていただけで、本質は昔のまま。エレトーンのことを一番に考えてくれていたのだ。

そんなこと、言われるまで気付かなかった。そんな口下手な侯爵に、エレトーンは内心苦笑していた。口下手は自分も同じだ。親だから子のすべてをわかるわけがないのと同じで、エレトーンも親の思いを微塵も理解していなかったのだ。

「ありがとう。お父様」

だから、素直にお礼を言葉にできたし、自然とエレトーンは侯爵ではなくお父様と呼んだのであった。

「ひとつわからないことが」

侯爵が部屋を出ようと席を立ったので、エレトーンはその背に声をかけた。

「スザンヌ王妃はなぜ、自分の息子を表に出さないのですか？」

普通だったら、我が子を王にと考えそうだが、スザンヌはそれがない。我が子アレックスを守るため、わざとアラートを推しているのかと考えてみたが、どうもしっくりこなかった。

「いい質問だ」

侯爵はそう言って、悪そうな笑みを浮かべた。

「アレックス殿下が王になったら、スザンヌ王妃は国母になる」

「……なりたくない？」

「そうだ」

ミリーナが国母になってもいい？

なにもしない彼女の名声が、自分よりも上がるというのに？

エレトーンにはスザンヌの考えが、まったくわからなかった。

「国母になったら、今までのような称賛がなくなるだろう？」

「……え？」

「見目だけが取り柄のミリーナ王妃がやらかす度に、スザンヌ王妃ならと比べられ、そのたびにスザンヌ王妃の株が上がってきただろう？　婚約していた時に国王の浮気を容認し、第二妃に甘んじた寛大な王妃様。ミリーナ王妃の代わりに公務を行なう賢妃様。表に立たない慎ましい王妃様」

「……」

「国母になったりしたら、今度はすべてが当たり前になる。第二という立場でありながら……という体がなくなり、憐れんでもらえなくなるだけでなく賞賛すらなくなるわけだ」

「はぁ」

エレトーンは思わず、気のない返事しか出なかった。

スザンヌはミリーナを引き立て役にして、称賛を得たいために陰でいたのだ。

要は、表向きはミリーナを立てている形を取り、悲劇の王妃を演じている……ということ。

結局のところ、ミリーナをバカにしているのである。

「スザンヌ王妃は自分が楽しければいい。そういうお方だ」

最低である。

そんな人だと思わなかった。

だがそうなってくると、立ちはだかる壁が厄介すぎる。エレトーンはこめかみを揉む。

そんなエレトーンに侯爵が、苦笑交じりに助言をしてくれた。

「ゴルテイン伯の名を出してもダメなら……」

「ダメなら？」

「アラート殿下の自爆を誘発するか、アレックス殿下を祭り上げろ」

〝押してもダメなら引いてみろ〟という言葉があるが、引くのではなく〝押して押して叩き潰せ〟、侯爵はそう言っているのだ。

それが、実に侯爵らしくて笑ってしまった。

そんなことを言う親がどこにいる。

だが、それがエレトーンの知るハウルベッグ侯爵である。

無関心だった侯爵が参戦すると、こんなにも心強いとは想定外だった。侯爵の名は伊達じゃない。

もっと早くに父と向き合っていたら、ここまで拗(こじ)れなかったのかもしれない。

そうエレトーンは思うのであった。

三章　空気を読む者、読まない者

エレトーンの通う学園では、貴族科の令嬢のほとんどが、高位低位関係なく淑女教育を受ける。

そして、貴族の婚約者に選ばれるのはなるべく継ぐ家がある者。

となれば、必然的にその家や夫をサポートできるようにと、さらに勉強する事項が増えるのだ。卒業したら大抵の女性はすぐ嫁ぐわけで、親のそばでのんびりと……なんてできるのは男だけである。

女は嫁いだそばから、すぐに役に立てと言われかねない。厳しい世の中である。

それ故か環境のせいか、貴族には気の強い女性が多く、言葉の語尾を伸ばして話す者もほとんどいない。

——そう、そこにいる女性みたいに。

「やだぁ、マイク様ったらぁ」

そのふわふわしたくせ毛と、甘えたような口調は忘れもしない。

入学と同時にアラートをサクッと陥落し、着実に高位貴族を味方につけている件のカリン＝コード男爵令嬢である。

中庭は皆の憩いの場であり、逢瀬の場では決してないのだが、アラートや取り巻きしかいない。なぜかと言えば、空気の読める貴族は近寄らないからだ。

アラートの婚約者が誰かなんて、貴族であれば当然知っている。

なのに、アラートは婚約者を蔑ろにして、男爵家の令嬢と懇意にしている。現王と同じくふたりを王妃として迎えるならば、知らせがあってもおかしくはないが……ない。まして、エレトーンのハウルベッグ侯爵家がそれを許容していると、耳にしたことは一切ないのだ。

となれば、その不貞行為は許されていないと意味する。

なんでもできるエレトーンが婚約者に蔑ろにされ、いい気味だとおもしろがる者も少なからずいるが、それは極々一部。

大半がアラートの言動に失望していたし、憤りを感じていた。

だが、腐っても王子だ。苦言など呈せる者はほとんどいない。むしろ、変に関わって飛び火をもらったりしたら、立場の弱い者たちは終わりだ。

だから、遠巻きに観察しつつ関わらないようにしていた。

なぜなら、ここに役者が揃えば修羅場となるからだ。そんな恐ろしいところに人が寄りつくことなどあろうはずもなく、憩いの場であるはずの中庭は、いつしか息の詰まるところとなっていた。

「どうぞ」

その様子を二階から見ていた令嬢に、エレトーンはハンカチを差し出した。

そう、彼女は噛みしめていたのか、唇の端が切れ、血が出ていたのだ。

「あなたがアラート殿下の心を掴(つか)んでおかないから！」

そう言ってハンカチを奪うように取ったこの令嬢。

男爵令嬢カリンに今まさに鼻の下を伸ばしているゼブラン侯爵家嫡男、マイクの婚約者である。

伯爵家の次女で、名はキャサリン。エレトーンよりキツイ目をしているが、そのキツさは目だけではない。

「ごめんなさいね？　私に魅力がなくて」

正直言って、マイクがキャサリンを蔑ろにするのと、エレトーンがアラートとうまくいってないのは関係ない。だが、八つ当たりをしてきたキャサリンに、エレトーンは言い返したりせず、わざとらしくニコリと笑い返した。

「……っ！」

窘められたり罵倒でも返さたりすれば、言い返すことでキャサリンの行き場のない怒りは少しくらい治まったかもしれない。

だが、エレトーンはキャサリンの八つ当たりを怒りもせず、軽やかに返したのだ。その寛容な対応に、キャサリンは逆に冷静になった。

「……も、申し訳ありません。ただの八つ当たり……でした」

怒鳴ったものの、マイクとうまくいかないのはエレトーンのせいではない。

キャサリンはすぐに、自分が理不尽なことを口にしたことを謝罪した。しかも、相手は次期王妃と名高いエレトーンである。お咎めや処分があってもおかしくはない。

頭が冷えると、キャサリンはなんて言いがかりをと、今度は身体が震えた。

「構わないわよ。誰かに当たりたい気持ちはわかるもの」

（その対象が自分であるのは理不尽だけれど、この程度は受け止めてあげる。まぁ、不問にする代わりに利用させてもらうけど）

「本当に申し訳ございませんでした‼」

キャサリンは頭を下げ、何度も謝罪をした。

エレトーンはため息をついて、いったんはそんなキャサリンを許す姿勢を見せる。

恋に溺れている者は正当な理由も意見も聞き入れないのだから、仕方がない。むしろ、正当な言い分を言ったこちらが、なぜか悪者扱いされる。

不貞行為を〝真実の愛〟にすり替え、婚約者を悪者にするなんて悪質で陰湿だ。

「マイク様のことを好きなの？」

婚約者となってから意識しだし、好きになることも多々ある。

キャサリンもそのクチかなと、エレトーンは思ったのだ。

「婚約者（じぶん）の存在を無視する行為に腹が立つだけです」

嫉妬で腹が立つのではなく、婚約者であるキャサリンを差し置いて、他の令嬢と仲睦まじい様子を見せるから憤っていたらしい。

「婚約を破棄、あるいは解消の予定は？」

「したくても……嫁ぐ身ですし、身分が下の私からは……それに父はゼブラン侯爵家との繋がりが欲しいらしくて」

　キャサリンは悔しそうに俯く。

　婿にもらうならまだしも、侯爵家に嫁ぐ身。おまけにキャサリンは伯爵令嬢だ。仮にカリンとマイクが深い関係だったとしても、侯爵家と伝手が欲しい父が抗議してくれるとは思えないと嘆いた。

　身分や立場こそ違うが、キャサリンの境遇は今のエレトーンとよく似ている。だから、つい少し手を貸したくなってしまった。

「あぁ、お隣同士ですものね。なら、年下になりますけど、マイク様の弟君と……なんてどうかしら？」

　領地が隣接していて、災害の時には助け合っている仲だ。それを強固にしたいのだろう。マイクにこだわらないのなら、弟でもアリだ。エレトーンはそう提案した。

「私は次女ですので、それでは……」

ゼブラン侯爵の次子に継ぐ爵位があるならまだしも、ないのなら平民になる可能性がある。繋がりは残るだろうが、伯爵令嬢として育ってきたキャサリンに、平民は無理だった。

貴族について詳しいエレトーンはそれを知らなかったのかと、キャサリンは恐縮そうに言ったら、エレトーンが意味ありげな笑みを浮かべた。

「マイク様に固執しているわけではないのね？」

「え？　えぇ」

「なら、マイク様には退場していただいたら？」

「え？」

「だって、爵位はより優秀な方が継いだ方がいいと思わない？」

〝優秀な方〟と〝退場〟。

エレトーンが言った言葉の意味を、キャサリンは頭の中で繰り返していた。

その言葉の真意は廃嫡あるいは放逐。まさかと思い直したキャサリンはエレトーンと目が合い……ゾクッと背筋が冷えた。

綺麗な人の笑顔がこんなにも恐ろしいなんて、考えたこともなかった。

しかし、この笑みは自分にではなくマイクにだと考えると……キャサリンは胸がスッとした。

エレトーンが味方になってくれる。

敵に回したら破滅だが、味方ならこんなに心強いことはない。

そう思うとキャサリンは、下降していた気分が一気に浮上した。エレトーンについていけばいい方向に向く。なら、自分はエレトーンについていこうと心に決めたのだった。

「あら、やだ。ちょっとおもしろいことになりそうじゃない」

いつもどこから湧いてくるのか、瞳をキラキラさせたマイラインがそこにいた。

どうやら、キャサリンとのやり取りを聞いていたらしい。しかも、ほぼ初めから。

まさに人の不幸は蜜の味。それを吸う蝶がごとく、嗅ぎつけるのがうまい。

そのおもしろいことに自分も入っているのは腹が立つが、公爵令嬢の参戦は実に有利だ。遠巻きでおもしろがられるくらいなら、いっそのこと同じ壇上に上がっていただこう。

「マイラインも手伝って――」

「一枚噛むわよ！」

「そこは、思っていても手伝うって言って」

食い気味にのってきたマイラインに、思わずため息が漏れた。

一枚噛むでは悪事みたいではないか。

「なにをすればいいの？」

「マイラインにしか、頼めないことなんだけど……」

下手にエレトーンが動いて、スザンヌに企みがバレたら元も子もない。

国王の親族であるマイラインなら、自分より有力な情報が手に入ると算段したのだ。

だが、マイラインはよくも悪くもエレトーンの気持ちを、斜め上に察した。

「マイクもヤレばいいの？」

「……違うわよ」

マイラインがニコリと笑って、怖しい言葉を口にした。

ヤルって〝殺る〟の意味だろう。察しすぎるのも考えものだ。

そして、『マイクも』と言うのだから、マイラインの中ではアラートはすでに、消すリストに載っているのだろう。

アラートやマイクに対して憤りはあるが、そこまでエレトーンは求めていない。いや、求めたとして……本気で動いてくれそうな親友がありがたいような、ありがたくないような……。

「とある人物のことを調べてほしいのよ」

そう言ってエレトーンは、マイラインに耳打ちした。

その瞬間、マイラインの目が驚きで見開いた。だが、それも一瞬の話。次には、口端を悪女のように上げていた。

「いいわよ？　でも、なぜか聞いても？」

マイラインは、なぜエレトーンがこの人物のことを知りたいのかわからない。

ただ、おもしろそうな匂いがプンプンする。自分になにか頼むことも珍しいと、乗っかることにした。

「それは――」

「……っ！」

再び耳打ちしたエレトーンに、今度こそマイラインは驚愕し固まった。

エレトーンの話が本当ならば、相手と対等かこちらが優位になる。ただし、うまく使えれば
だが。エレトーンなら問題ないだろう。

「それ、本当なの⁉」

「その真偽を確かめたくて頼んでいるの」

「でも、頼むってことは……？」

「信憑性は高いと私は考えているわ」

そう言った途端に、マイラインが肩を震わせた。

泣いているわけでもなく、怒っているわけでもない。笑っているのだ。

「いいわよ。徹底的に調べてあげる」

その代わりに、「絶対ひと泡吹かせてよね」と悪い笑みを浮かべる。

楽しそうでなによりだ。

「他には？」

エレトーンの持っている書類をチラリと見て、マイラインは口角をさらに上げた。

公爵令嬢のマイラインが手伝ってくれるのは心強いが、そこまでしてもらうには……とため

らったのを見逃さなかったようだ。

「この書類をうまく使って、ゼブラン侯爵家の跡継ぎに異議を唱えてくれれば」

「やだ、なにこの調査記録。恐ろしいくらい完璧じゃない」

エレトーンから奪うようにして、ハービィの調査書を見たマイラインは、その完璧な仕上がりに目を丸くしていた。

アラートの取り巻きである令息たちの情報が、事細かに記載されていたのである。

「ハービィが――」

「ハービィってあのハービィ!? あなたの弟の!!」

エレトーンが頷くのとほぼ同時に、マイラインはエレトーンの両手をガシリと握り、いい顔を見せた。

「報酬はハービィでいいわよ?」

「なにを言っているのよ」

急にそんなことを言い出したマイラインにエレトーンはゾッとして、一歩後ろに下がった。弟はものではないとか、そんなことを言う暇もないくらいに、マイラインは食いついて離さない。この目は獲物を狙う目だ。弟が危ない。

「私の――」

一存ではと言う前に、マイラインが手を叩き、大きく頷いた。

「あぁ、こうしている時間も勿体ないわ」

「は？」

「これから、どんどん忙しくなるわよ！」

確かに、エレトーンの頼み事をやるのに多少忙しくなるだろうが、それほどではないはず。

だが、いい意味でマイペースなマイラインは、眉根を寄せているエレトーンの手を離すと、足早にどこかへ消えていったのだった。

勝手に騒いで勝手に消えるとは、まさに嵐である。

「自由すぎる」

エレトーンは盛大なため息をついた。

——だが。

一番の自由人は、キャサリンとマイラインのふたりと、入れ替わるように現れたこの人物ではなかろうか。

「やだぁ。カリン怖ぁい！　アラート様ぁ、エレトーン様がまた睨みつけてきました」

そちらから、勝手に絡んできてその言葉。どういう思考回路をしているのだろうか。

エレトーンはチラッと見ただけで、まったく睨んでいない。そもそも、エレトーンの婚約者の腕に絡みついていたら、睨みつけられるのは当然では？

エレトーンの目つきがもともと悪いのをいいことに、カリンは揶揄しながら利用しているのだ。

先にそう言われれば、周囲は先入観を持ってエレトーンを見る。ただ見ているだけなのに、その余計なひと言のせいで睨んでいると思い込むだろう。ふたりの関係を知っていればなおさらである。

これが温厚なエレトーンでなければ、カリンなんて何度海に沈められているか。

（さっさと帰っておけばよかった）

普段あまり後悔をしないように心がけているエレトーンだが、今猛烈に後悔していた。

「エレトーン。カリンを睨むのはやめろ」

「では、不貞をおやめになったら？」

睨んだ睨んでないと、今さら不毛な議論をするだけ無駄だ。

一方的にエレトーンを貶めるだけ貶めて、自分勝手に消えるだけ。そんなやり取りより、早々にどちら非があるかを口にした方がいい。

「……っ！」

睨んでないという言葉が返ってくると思っていたアラートは、思ってもいないエレトーンの返答に目を見張っていた。

「カリンとは――」

婚約者を蔑ろにしてもなお、謝る素振りも姿勢を見せないアラートに、エレトーンは嫌みを込めて笑ってみせた。

「まさか、次期国王になるお方が、真実の愛だなんて言いませんよね？」

「なっ！」

「あれは、頭に蛆が湧いた者たちの浮気の言い訳、愚の骨頂。高尚なアラート殿下の口から、まさかまさか」

皮肉と嫌み込めて言えば、アラートはとうとう押し黙ってしまった。

口では勝てないと、早々に悟ったようだ。

エレトーンは黙ったアラートから視線を、彼の半歩後ろにいた側近候補として名高いマイクに移した。

「婚約者は大事にした方がよろしいのではなくて？　マイク様？」

今、アラートたちが望む悪女に成り下がっている実感がエレトーンにはある。

だが、言わなければならないこともある。そこにいるマイクは、王太子の側近になるつもりなら、アラートの言動を諫めるべきだ。

そんなこともわからないで同調するのであれば、まとめて叩き潰してしまえ。そう思ったエレトーンは意味深な笑みを浮かべていた。

これは、マイクを通じてアラートへの嫌みであり、エレトーンの慈悲深い最後通牒である。

マイクの婚約者キャサリンは、彼に固執していなかった。家のことがあって思い切った行動ができないだけ。その障害を取り払うべく動き出した今、マイクが早急に心を入れ替えない限り終わりだろう。

エレトーンのなけなしの善意で婚約者のことを思い出させてあげたのに、マイクにはなにひとつ響いていないようだった。

「余計なお世話だ！　小姑みたいにグチグチと」

むしろ、エレトーンへの反発心から、余計に意固地になってしまった。

まぁ、それはそれで構わない。エレトーンには関係ないことだ。

いずれ、そのエレトーンに対する横柄な態度も含め、後悔する日が来るだろう。

「やだぁ、マイク様。小姑だなんて言ったらかわいそうですよ？　だって、それじゃあまるで、エレトーン様がおばさんみたいじゃないですか。あ、本当のこと言っちゃった。皆さん、もう少しエレトーン様に優しくしてあげましょうよ？　ね？」

そう言ってカリンはかわいらしく小首を傾げていたが、彼女の意地の悪そうな笑みにエレトーンだけが気付いていた。

婚約者に相手にされないかわいそうなエレトーン。自分はチヤホヤされているのに……とマウントを取っているつもりなのだろう。

だが、アラートに憤りを感じるほど彼に情はない。アラートもカリンもどうでもいいエレトーンには、そんな安っぽい言葉は微塵も響かなかった。

「カリン、お前は優しいな。だが、こいつが私に逆らうから仕方ない。エレトーンも少しカリンを見習った方がいい」

エレトーンが黙っているのをいいことに、アラートは言いたい放題だった。

「見習ったりしたら、国が傾きますわ」

カリンを見習ったら、あっという間に他国にバカにされ、最悪は滅亡だ。

傾国の美女なんて言葉があるが、美女かどうかはさておきカリンは素質がある。

高位貴族を次々と陥落させるなんて、中々難しい。カリンにそれを活かせる頭脳が備わっていたら……脅威だったかもしれない。

諜報員になれるように躾け……もとい教育すれば役に立ちそうだが、時間と労力を考えたら割に合わなそうだ。

やっぱり、退場してもらうしかない。

アラートとカリンがまだなにやら言っていたが、ふたりにこれっぽっちも興味がないエレトーンはそれらをすべて無視し、この場を去ろうとした。

……のだが、運の悪いことに今日は執拗に絡んできた。

「なんて言い草だ、エレトーン‼」

『国が傾きますわ』という最後のひと言が、アラートの癇(かん)に障ったらしい。だが、この人たちと関わってよかった試しがない。だからといって走り去れば、淑女としてどうかと思うし、そもそも逃げるみたいで矜持が許せない。

とはいっても、再び踵を返したところで、また捕まることだろう。

「どうして、そんなにカリンを虐めるんですか？　ただエレトーン様と仲よくしたいだけなのに、カリン悲しいです」

（悲しいのは私の方よ）

友人でも同級生でもないのに、どこからともなく現れてはエレトーンをこき下ろして去っていく。そして、高確率でアラートもカリンを連れていて、彼女を見習えと安い劇場の役者のように同じセリフを口にした。

（ふたりとも海に沈めてやろうかしら？）

カリンの言い草につい嫌な表情をすると、やはりお決まりのパターンが始まった。

「カリンを睨むな」

「なぜ、そんなに身分の低い者をバカにするんだ」

「ダメですよぉ。かわいそうだから、エレトーン様を許してあげて？」

こんな三文芝居が永遠に続くのか、そうエレトーンが諦めかけた時――

「うわっ！　兄上たちが寄ってたかって女性を虐めてる‼」

わざとらしいそのセリフに、エレトーンは安堵より苦笑いが漏れそうになった。

芝居はともかくとして、ひと言でどちらに非があるか知らしめたのだからうまい。

「アレックス‼」

聞き覚えがあるその声の主は、最近ちょくちょく学園に来るようになったアレックスだった。

アラートはしかめっ面のままだったが、カリンはアレックスの姿を見た途端、モジモジとしおらしくなる。アラートはそのカリンのこういう表情を知らないのだろうと、エレトーンは思った。

「ねぇ、婚約者であるエレトーンひとりに、大人数で寄ってたかってあることないこと言って、恥ずかしくないの？」

「は？　私たちはカリンを虐めるエレトーンを――」

「え？　権力を笠に着て恫喝(どうかつ)しているだけでしょ？」

カリンと同じようにかわいらしく小首を傾げ、わざと誰が誰の婚約者か示したアレックス。騒ぎを聞きつけ後からやってきた者たちに、これでどちらが悪いのか印象づけた。

「大体、周りをよく見たら？」

まだなにか言おうとしているアラートに、アレックスは苦言を呈した。

アラートたちはアレックスにそう言われ、やっと周りを見れば、そこにあるのは好奇の視線と白けた視線だけだった。

相手がアラートだから手を出せないだけで、その沈黙は決して賛同と同義ではないのだ。

「……ぐっ」

アレックスに言われ、アラートたちは分が悪いと思ったのか「エレトーン、これに懲りてカリンを虐めるのはやめるんだな」と、意味のわからないセリフと共に去っていったのであった。

「ありがとうございました」

長々と続くと思われた不毛なやり取りが終わり、やっと解放されたとアレックスにお礼を言えば、アレックスは呆れた様子で竦めた。

「いつも、あぁなの？」

「まぁ、大抵は」

噂には聞いていたものの、実際に遭遇したのは初めてのようだった。

兄アラートの所業が想像以上で、落胆したらしい。

むしろ、普通の会話をしたのがいつだったか、エレトーンは思い出せなかった。それくらい、アラートは口を開けばカリンのことしか言わない。

「一応、私からも注意はするけど……」

「火に油でしょうねぇ」

アラートとエレトーンは仲よくため息をつく。

アレックスを毛嫌いしているアラートだ。注意なんてされたら、エレトーンが言わせたただの言いがかりだのと、結果的に火の粉はエレトーンに降りかかるだろう。

「わ、私！　お父様に報告しておきますわ‼」

どうしたものかと嘆けば、静観していたひとりがそう言ってくれた。

だが、令嬢ひとりが声をあげてもなにも変わらない。気持ちだけはありがたいなとエレトーンがお礼を言いかけると「私も」「俺も」と次々と声があがった。

確かにひとりひとりの声はもみ消されるだろう。しかし、一丸となれば無視できない。アラートの噂はいずれ広がりを見せ、アラートに甘い国王にも届き動かすことだろう。

「ありがとう」

お咎めさえあるかもしれないのに、そう言ってくれた皆の言葉が嬉しくて、エレトーンが素直に笑顔をこぼせば――

それを見た者たちは、男女問わず頬を赤らめるのであった。

四章　ふたりの王妃

学園は休みとて、エレトーンはどこかの誰かと違い、忙しくしていた。

卒業式まであと、一カ月と迫っていたからだ。

細かい準備は下級生がやってくれるとはいえ、最終的な確認をお願いされればしないわけにはいかない。それに加えて、仕事をしないアラート王子の尻拭い。

で、王妃教育である。忙しくないわけがない。

だが、それも卒業と同時に終わりを告げる。

両親に本音をぶつけたおかげで、事態を好転させる切り札を手に入れた。卒業を間近にして、これを使わない手はない。エレトーンは早朝から馬車を走らせ、登城するのであった。


「アラート殿下がいらっしゃらない？」

「はい、大変申し訳ございません。一時間前に出ていかれたとのことでした」

（あのやろう）

　登城したついでに、生徒会の仕事を押しつけてやろうと来てみれば、それを読んだかのごとく既に外出後。

エレトーンの口から、淑女らしからぬ言葉が出るところだった。仕事は遅いのに、女遊びとなると途端に早い。

「ではどこに？」

「……わかりかねます」

アラート王子の従者を見つけて聞いてみれば、至極申し訳なさそうに言ってきた。

（本当にわからないのなら、従者などやめてしまえ）

再び口から漏れそうになったが、エレトーンはグッとこらえた。

口を濁したのだから、行き先を知っている……が、言うのは憚られるところ。

どうせあの男爵だか子爵だかの令嬢のところに行った違いない。

サラッと嘘をつかなかったのは、エレトーンに対しての罪悪感がそうさせたのだろう。つい目を逸らしていたのが、それを如実に語っている。

「なら、ミリーナ王妃はどちらに？」

ミリーナとはアラートの生母、第一王妃である。

できることなら関わりたくないが、王妃教育の前に少し話をしておきたかったのだ。ちなみに、王妃教育はアレックスの生母で第二王妃のスザンヌから教わっている。

それもこれも、ミリーナがお飾りの王妃だからだ。

公務も政務もなにもできない王妃が、王妃教育などできるわけがなく、国王の鶴のひと声でスザンヌから受けるようになったのである。

　エレトーン的には誰でもいいが、なにもできないミリーナはそれが気に入らないらしく、エレトーンまでとばっちりを受けていた。

　ミリーナのそんなゴミみたいな矜持なんて、王妃教育と一緒に捨てたのかと思っていたが、どうやら違うらしい。

「自室にいらっしゃるかと」

「ありがとう」

　エレトーンの心は荒みきっていたが、そんな姿は微塵も見せない。

　心でど突きながらもにこりと笑ってお礼を言えば、従者はそれがよほど嬉しかったのか頬を赤く染めていた。

　ミリーナの侍女は、実家の男爵家から連れてきた者が多く、ミリーナのやることは基本的に咎めない。それが悪いことでも、ミリーナが願うのなら当然と思っている。

　だからこそ、幼少時アレックスが怯えていたのだ。ミリーナが目配せすれば、忖度してしまうほど、ミリーナの侍女たちは厄介だ。

　だが、王妃になったとはいえ、所詮は男爵家。

　侯爵家のエレトーンの方が太いパイプがあるし、人望もあるので、ミリーナより遥かに動かせる人脈が太い。

しかし、ミリーナはエレトーンと同位である侯爵家出身のスザンヌを蹴落とし（本人はそう思っている）、上の第一王妃に収まった。そのせいで、自分が侯爵家より力があると、思い違いをしている。

それはたまたま、スザンヌの生家は出世欲がなく、貴族では温和な方だったからにすぎない。スザンヌは、これ以上の権力はいらないと、第二王妃の立場でおとなしくしているだけ。始めからスザンヌは戦線離脱しているのだ。そんな相手とエレトーンを同列に考えている時点で終わりだ。

エレトーンがおとなしくしているのは、ミリーナが怖いからでも、王妃になりたいからでもない。今はただ、静観しているだけ。

だが、ずっとアクションを起こさなければ淘汰される可能性がある。なので、少しばかり動くことにした。

「こんな朝早くから、なんの用なの？」

おはようございますとエレトーンがミリーナの部屋に来てみれば、彼女はけだるそうに紅茶を飲んでいた。

言うほど朝早くではないし、国王やスザンヌは既に政務に勤しんでいる時間だ。周りがせわしなく働いている中、ミリーナはのんびり起きて、特になにもせず侍女とお茶。想像するにお茶の後は、オイルマッサージや散歩だろう。なにもしていないミリーナに無駄なお金が費やされている。

睡眠不足になることもなく、政務もしない。したいことをしたいように毎日していれば、ストレスフリーなのだから、髪や肌つやもいいに決まっている。ミリーナは毎日を美容に費やしているためか、まだまだ美しく、大きな子供を持つ母親には全然見えなかった。

その大きな子供も今頃、母同様に自由を謳歌していることだろう。

「アラート殿下のことで」

エレトーンがそう言えば、目線で椅子に座れと促された。

椅子に腰を下ろしながらミリーナをチラリと見れば、有名ブランドの衣装に身を包み、不必要な宝飾品を腕や首など至るところに付けている。

毎日、こんな服装で自堕落なことをしているなんてただのごく潰しだ。なんでこんなのが許されているのか、エレトーンには理解できない。

王妃にはなりたくないが、この姿を見ると、潰したくなる。アラートが国王になれば、ミリーナは国母である。そして、あのカリンが奇跡でも起こして王妃にでもなったら、この国は終わりだ。

（アラートを含めて、全員失脚してもらうしかない）

そんな心の声を、出された紅茶と一緒に飲み込み、本題に入ることにした。

「アラートのことって?」

「素行をどうにかしてください」

正直言ってアラートがなにをしようとどうでもいいが、一応忠告はしたし歩み寄ったという体が欲しかった。

なにもしていませんでした……では、こちらも悪いなんてことになりかねない。

苦言を呈していたというアピールのため、わざわざ目立つように朝から来てやったのだ。

「素行?　アラートの?」

惚けているのか、悪いと思っていないのか。

エレトーンはミリーナのことだから、絶対に後者だと感じた。

「婚約者になにもかも丸投げして、どこぞの女と遊んでおられます」

「で?」

「……は?」

「それがどうしたの?　だってアラートは男よ?　しかも次期国王なんですもの。女遊びのひとつやふたつ」

やっぱり話にならない。

だから、この王妃は嫌いだとエレトーンは改めて認識する。

自分と王がそうだったから、息子のしていることも浮気と思っていないのだろう。なんなら自分と同じように、公務や政務などを押しつけられる妃をもうひとり、王に迎えてもらえばいいと考えていそうだ。

しかし、エレトーンはスザンヌとは根本的に違う。静観しているスザンヌと違って、痛み分けになっても構わないくらいの気概があるのだ。機嫌を損ねてもいいことなんてなにもないのに、この態度。己の立場を息子と一緒に一度考えた方がいい。

そもそも、アラートが王になるには、エレトーンの生家の後ろ楯と人脈が必要。そのために、エレトーンを強く欲したことなんて、もはや自分勝手に都合よくすっかり忘れているのだろう。エレトーンが婚約者に収まったことで安心して忘れたのか、アラート同様になにか企んでいるのかもしれないが、こちらに不利益が生じるなら、完膚なきまで叩き潰す。

「あぁ、でも……よそ見させるあなたが悪いんじゃなくて？　あなた、そこそこ綺麗ではあるけど、つまらないのよ。だから、よそ見なんかされるんじゃない？　他の女に走らせたくないのなら、もっとアラートに好かれる努力をしないと……ねぇ？」

息子を窘めるどころか、クスクス笑い、エレトーンに苦言を呈してきた。

彼女はエレトーンを通して、若き日のスザンヌを見ているのかもしれない。

でも、政略だろうがそうでなかろうが相手あっての結婚なのだから、その努力をお互いするものではないだろうか。一方通行では、どうにもできない。なのに、こちらに魅力がないのが悪いと罵った。

さすが、外見だけで成り上がった王妃は言うことがひと味もふた味も違う。

私もスザンヌと同じだと思い違いをしているのであれば、それを正してやろうではないか。

エレトーンは宣戦布告と受け取り、不敵に笑って席を立つ。

『その喧嘩買ったわよ？』

「は？」

「あら、大変申し訳ございません。連日、ニューヨード国のヨード語漬けでしたので、思わずポロリと」

「はぁ!?」

王妃教育を早々に捨てたため、ヨード語がわからないミリーナでも、エレトーンの表情でバカにされたと感じ取れたようだ。

口では勝てないと悟ったのか、一発お見舞いしたいと考えたのか、席を立ったエレトーンに合わせるかのように立ち上がり、エレトーンに向かって右手を振りかざした。

だが、そんなことを黙ってさせるエレトーンではない。振りかざしたミリーナの手がエレトーンの頬に当たるタイミングを読み、嫌がらせも込めてスッと頭を下げた。

「ミリーナ王妃殿下の寛大なお心、お礼申し上げます」

「……っ！」

エレトーンの頬に向かっていたミリーナの右手は、エレトーンの頭上を通り、空を切った。

（やすやすと、引っ叩かれてやるものですか）

「では、お茶を飲むのにお忙しい中、失礼いたしました」

嫌みを口にしつつ再び頭を下げると、エレトーンは足早にミリーナの部屋を退室するのであった。

扉が閉まる時、チラッと見ればミリーナは花瓶を持ち上げていた。

実家の身分はともかく、王妃からしたらエレトーンは格下。しかも、年下のエレトーンにこうも簡単に躍らされて、相当頭にきたのだろう。

扉を閉めた途端に、ガシャンと派手な音がした。持っていた花瓶をエレトーンに向かって思いっ切り投げつけたのだと想像する。間一髪だったらしい。

（あぁ、胸がスッとした）

「私も大概ね」

それを、ざまぁと思うのだから、エレトーンもミリーナと変わらないなと、自嘲するのであった。

王宮に隣接するスザンヌの宮の外観は、王宮同様に重厚感のある造りとなっている。

代々の第二王妃や側妃が住む宮だけあって、華やかだがどこか落ち着きがあり、決してけばけばしくはなかった。

第一王妃であるミリーナが、国王と結婚した当初、この華やかな宮の方を自分用にしてほしいと、散々駄々をこねたらしいと……マイラインから聞いた記憶がある。

国王は一見ミリーナに甘いようで、そこはしっかりと公私を分けている。『なら、お前が第二王妃になるのか？』と国王にハッキリ言われ、渋々引き下がった経緯があったそうだ。

ミリーナは欲しかった宮が手に入らず、さぞ悔しかっただろうなとエレトーンは小さく笑った。

「悪い顔してるね」

スザンヌの宮に着いたら、音もなくアレックスが現れた。

スザンヌはアレックスの実母。これがミリーナの宮なら驚くが、息子なのだからいてもおかしくはない。

ただ、隠密みたいに気配がないのはやめてほしい。

『お互いさまでは？』

［心外だな］

ミリーナ王妃とのやり取りの余韻が残っていたエレトーンが、つい嫌みを込めてヨード語で答えれば、アレックス王子はそれを上回る言葉で返してきた。

遠方の国、ニスダン語だ。

ニスダン皇国なんて、交流自体ほとんどないので、覚える人は少ない。共通語のエスバール語さえ修得していれば問題ないからだ。

ミリーナを揶揄ったヨード語でさえ、修得している貴族は少ないのに、そのヨード語より遥かに難しいニスダン語を流暢に……。

さすがのエレトーンも挨拶程度しか話せない言語だ。なのに、アラートは完璧に修得している。その事実に驚きを隠せないでいた。

《もう終わり？》

それだけでも充分驚いていたのに、さらに違う言語を使ってきた。

「何カ国語を話せるんですか？」

「数えたことはないかな」

ただの放浪息子だと揶揄する声もあるが、遊び歩いているアラートとは違うようだ。アレックスが本気を出したら、アラートなんてすぐに王太子の地位から落とされるに違いない。

「エレトーンとの聞かれたくない会話は、すべて外国語で話せば、なにを話しているか気付かれないね」

「わざわざ外国語で話していれば逆に目立ちますし、なにかあると思われますけど？」

「確かに」

人に聞かれたくない内容ではと、勘ぐる者もいるだろう。

アレックス王子もそう思ったのか、小さく笑っていた。

「で、どこまでついてくるのですか？」

「私も母上に用が」

「……」

自分の母親だから用があってもなんら不思議はないが、わかりやすいアラートと違ってアレックスは飄々としていて、まったく読めない。

そう思っていたら、アレックスが先回りしてエレトーンの前に来た。

「エレトーン」

「なんですか？」

「君は――」

アレックスがなにか言いかけた時、エレトーンは背後に人の気配を感じた。

振り返れば、アレックスの実母で第二王妃のスザンヌが、つまらないものでも見るような視線をこちらに向けている。

「あら、今日は随分と早いのね」

エレトーンは慌てて頭を下げたのだが、こちらを一瞥するとスザンヌは何事もなかったように、エレトーンの横を素通りして執務室に向かっていった。

アレックスとエレトーンの会話にまったく興味がないらしい。

そんなスザンヌに内心苦笑いを漏らしつつ、エレトーンも後を追うように執務室に入るのであった。

「それで？」

促されてソファーに座れば、挨拶もそこそこにスザンヌが聞いてきた。

王妃教育の時間までもう少しある。なのに、エレトーンが大分早く来たので、勘のいいスザンヌは、個人的になにかあると思ったのだろう。

だから、エレトーンも早々に本題に入った。

「王妃教育の一時停止をお願いしたく存じます」

教育自体は受けておいて損はない。だが、教育が終盤になると、王家の機密情報まで教わると、父に聞いたことがある。そうなってからでは遅いのだ。本心を言えば、完全に停止をお願いしたいところだが、エレトーンはわざと濁した。

「あら、それはなぜかしら？」

「アラート殿下には、懸想されている方がおいでです」

「それで？」

「なら、そちらの方に教育を施してみては？」

アラートに好きな人がいるのだから、エレトーンとの婚約なんて白紙にすればいい。

後ろ楯が必要だが、スザンヌが自分の息子を王太子に推さないのであれば、それほど強い後ろ楯は必要ないだろう。むしろ、スザンヌの実家が後ろ楯になればいい。

大体、この王妃は今の安定した生活を逃したくないから、目立たぬようにしているだけだとエレトーンは侯爵から聞いていた。だが、それに付き合わされる方はたまったものではない。

「風の噂程度には耳にしているけれど……その子、今からとかの問題以前に学がない、教養がない、身分がない。ナイナイ尽くしでどうしようもないそうじゃないの」

そう言ってスザンヌはため息をついているが、ため息をつきたいのはエレトーンの方である。

自分の安寧のために情報収集を怠らない姿勢は感心する。だが、自分のためにエレトーンを犠牲にしようとしている感が、ちょいちょい見え隠れしていて無性にイラッとする。

「では、あのふたりはお咎めもなく放置ですか？」

「私もそうだったわよ？」

やはりそう来たか。エレトーンは内心舌打ちした。

スザンヌはクスリと笑って紅茶に口をつける。

まさに、今のエレトーンと同じ境遇で、現国王もスザンヌと婚約中にミリーナと浮気をしていた。そして、浮気相手に学がないところまでそっくり同じ。

違うのは、スザンヌが黙認したところ。婚約を破棄も解消もせず、そのまま結婚したのである。

だから、エレトーンもそうすればいいと、暗に言っているのだ。

だがしかし……。エレトーンは、ハイそうですかで終わらせたりはしない。

「私と王妃殿下とでは、似ているようでまったく違いますよね？」

世間は、スザンヌの寛大で大らかな決断……としていたが、エレトーンの見解は違っていた。

「どう違うのかしら？」

「王妃殿下と国王陛下は幼馴染。そして今は戦友と言ってもいい。ですが、私とアラート殿下はただの政略結婚。愛情どころか友情すら皆無、信頼もなければ、互いを敬う気持ちもありません」

しかも国王陛下は、ミリーナの代わりに政務を引き受けているスザンヌに、全幅の信頼を寄せているし、アラートと違って蔑ろになんてしていない。

それとこれとを同列にされたらたまったものではない。

「そんなのは、結婚してから――」

まだエレトーンを引き下がらせようと、なにか言うつもりのスザンヌに、エレトーンは切り札を使うことにした。

「そうそう結婚といえば、ゴルテイン伯はずっと独身を貫いているそうですよ？」

「……っ！」

ゴルテイン伯の名前を出せば、スザンヌの頬がわかりやすくピクリと動いた。

ミリーナと違って、スザンヌはひと筋縄ではいかない。

なにせ、浮気を容認した挙句、王妃がやるべき仕事をすべて引き受けている強者だ。エレトーンの心境をわかった上で、容認しろと言う可能性しかなかった。

だから、なにか弱点がないかと考えていた時に、父からの一計。それが、このゴルテイン伯。母に詳しく聞けと言われて聞いてはみたものの、もう二十年くらい前の話で確証がなかった。だから、王族の親族であるマイラインに頼んでいたのだ。

その噂程度の情報を、マイラインが確実にしてくれることを祈って。

祈りが通じたのか、幸運の女神がエレトーンに微笑んだのか、噂に真実味が出てきた。なので、エレトーンはそれを惜しげもなく使うことにしたのである。

ゴルテイン伯とは、この国の北北東に位置するガーデニンの地の辺境伯で、マイラインの言葉を借りるならゴリラみたいな風貌だとか。そのゴルテイン伯が王宮に呼ばれた時、たまたますれ違ったスザンヌに懸想したらしい。

隣国ニトニア王国との国境の要、ガーデニンの辺境伯。当時、侯爵令嬢であったスザンヌと釣り合いも取れている。結婚相手として、なにも問題はないはずだった。

だが、どう話を持ちかけようかゴルテインが悩んでいる間に、スザンヌは王太子と婚約してしまった。

王太子と婚約したスザンヌは、うまくいっていなかったので、王太子との話を白紙にして、ガーデニンに嫁いでもよかった。しかし、スザンヌはミリーナと違い都会育ちで、生粋のお嬢様。

辺境伯に嫁げば華やかな世界から遠のく上に、彼の筋肉質で毛深い見目が好みでないと大層嫌がっていたそうだ。

しかも、当時の王太子がゴルテイン伯の思いを知ったらどう転ぶかわからない。

王太子が、スザンヌを愛していたのなら問題はない。王太子の婚約者に懸想した哀れな辺境伯で済むからだ。しかし、スザンヌと王太子の関係は幼馴染としても、微妙になり始めていた。

スザンヌがつい王太子へ苦言を呈し、今のエレトーンとアラートのような関係に……。いつ、婚約を破棄されてもおかしくはなかったのである。

そこに、ゴルテイン伯がスザンヌに懸想していることを知られれば、スザンヌをうざったく思っている王太子には好機だ。邪魔でうるさいスザンヌを下げ渡してしまえばいい。

そうなる前に、スザンヌは一計を案じた。

当時の国王夫妻に息子の浮気を容認する寛大さを見せ、婚約を破棄せず、政務のできないミリーナに代わって引き受けると提案したのだ。

ミリーナと結婚したいが、教育や身分の問題で親だけでなく、臣下から猛反発がある王太子。息子の不貞行為という醜聞。ミリーナの教養のなさ、スザンヌへの慰謝料諸々で頭の痛い国王夫妻。

そんな状況の中、スザンヌの提案は願ってもなかった。国王夫妻とその息子はのった……というわけである。

「それが今、なんの関係が?」

何事もなかったように紅茶を口にするスザンヌ。

これがミリーナとの違いだろう。

エレトーンがゴルテイン伯のことを知っていたのは誤算だが、それは過去のことだと余裕のようだ。

だが、スザンヌも計算できない事実がひとつある。

「ゴルテイン伯、ずっと未婚だそうですよ?」

「……それで?」

まだ余裕でいるスザンヌに止めを刺す。

「未だ、とあるお方に想いを寄せているとか?」

あえて名前を出さなかったが、とあるお方の名はスザンヌ＝ハードウェー。

つまり、このスザンヌのことである。ゴルテイン伯は数十年経った今もなお、元ハードウェー侯爵令嬢、スザンヌ王妃のことを愛しているのだ。

王太子と結婚しようが、冷たくされようが嫌われようが、想いはまったく変わらず。

どんな人か知らないが、愛するより愛された方が幸せ……なんていうことだし、いいことでは?とエレトーンは他人事のように笑った。

この言葉に、スザンヌの表情が初めて歪んだ。

まさか、二十数年経った今も、思われていたなんて想像もしていなかったのだろう。

その想いを愛が深いと取るか、重いと取るか、しつこいと取るか。捉え方によって全然違うが、面倒臭いことに変わりはない。

影武者のように、侍女とひっそり部屋の隅に立っていたアレックスが驚愕していた。

勘のいいアレックスのことだから、エレトーンとスザンヌのやり取りを聞いて、誰のことを言っているのか、おおよその予想がついたのだろう。

親の恋愛話なんて聞きたくないだろうなと思いつつ、話を続ける。

「そうだわ！　私とアラート殿下が結婚した暁には、ぜひとも結婚式に招待いたしましょう」

「は？」

愉快そうに言うエレトーンの言葉を聞き、スザンヌがギッと睨んだ。

「ずっと慕っているなんて、まさに真実の愛ではありませんか。叶えて差し上げたいですわ」

「なにが真実の愛なのよ！」

さもいい考えだと、わざとらしく声をあげれば、スザンヌはたまらず声を荒らげた。

いつも飄々と躱すスザンヌが……である。

こうなれば、エレトーンの独壇場だ。

だが、エレトーンはあえてここでどうこうしろとは口にしない。

スザンヌを見て、意味ありげに紅茶を飲むだけ。そう、これでいい。

——数分後。

「どうすればいいの」

沈黙に耐えかねたスザンヌが先に口を開いた。

——スザンヌが陥落した瞬間である。

エレトーンは上がる口端を、必死に押さえていた。

焦ってはいけない。これがミリーナなら、こうしろと口にすればいいが、相手はひと癖もふた癖もあるスザンヌ。すぐに飛びついてこうしてああしてと、ねだってはいけない。

「スザンヌ王妃は頭が非常に切れる方だと、尊敬しております」

「そんな白々しい言葉なんてどうでもいいのよ」

「ですから、私がこれ以上申し上げることはありません」

指示を出さない。

これが、スザンヌの場合は正解だ。

エレトーンはそうとだけ言って、帰るべく椅子を引くと、スザンヌは瞠目していた。

どんな無理難題を押しつけられるのかと力んでいたスザンヌは、エレトーンが立ち上がったのを見て、肩透かしを食らったようだった。

スザンヌにも矜持がある。格下のエレトーンから命令される姿なんて、侍女や息子に見せたくないだろう。

だから、配慮をしました……と思わせるのも重要。

頭のいいスザンヌに言葉はいらない。エレトーンは満面の笑みを浮かべ、あとはこう言うだけでいいのだ。

「スザンヌ王妃殿下の采配、心より期待しておりますわ」


「あれでいいの？」

ひと言だけ放って部屋を出てきたエレトーンを、アレックスが追いかけてきた。

スザンヌになにか指示か願いを言うのかと思ったのに、なにも言わないからだ。

「いいんですよ」

「兄上のこととか、男爵令嬢のこととか」

アレックスが心配そうに言えば、エレトーンは意味ありげに笑みを浮かべる。

エレトーンにはエレトーンの考えがあるのだろう。しかし、それに手を貸すことはできないかなと、アレックスは宮を出る前に足を止めて聞いた。

「やらないといけないことでも、命令されるとなぜかイラッとしません？」

「するね」

「ミリーナ王妃は指示しないと動きませんが、スザンヌ王妃は頭がいい。頭のいい方には、命令するより自分で考えて動いてもらった方がいいのですよ。命令されるより、自分の意志で動いた……という体を取った方が、矜持が保てるので反発が小さく済む。人によっては〝してやった〟という、謎の達成感や満足感が得られるんですよ」

「なるほど、私よりも母のことをわかっているね」

アレックスはエレトーンの考えに、納得していた。

確かに〝使われる〟という意味では同じでも、相手の利益になるように考えて行動するのと、嫌々やらされるのとではまったく違う。

たとえ嫌いな人だとしても、いい仕事をして感服させることができれば、内心複雑だが達成感がある。人の感情をすり替え、自分に向かう嫌悪感のベクトルを巧みに変えている。

スザンヌになるべく寄りつかないようにしていたアレックスより、王太子妃教育などで一緒にいる時間の長いエレトーンの方が、スザンヌの性格をよくわかっているようだ。

エレトーンは驚愕するほど人を使うのに長けているなと、アレックスは惚れ直すのだった。

「だけど、母上とあのゴルテイン伯にそんな関係があったのは驚きだったな」

エレトーンとスザンヌの会話を聞いて、自分の母親にそんな過去があったのを初めて知ったと漏らしていた。いつも隙のないスザンヌが、彼の名を出した途端に態度を変えたのには、アレックスも驚愕だったみたいだ。

「一部の人しか知らないことですし……アレックス殿下は、社交場にほとんど顔を出しておられませんでしたので、知る機会は――」

「でも、ゴルテイン伯には何度も会ったことはあるんだよ」

「ニトニアに行く時ですか？」

「そう、国境の街だから挨拶もかねて」

国境を守る辺境伯を王子が無視したとなれば、軽んじられたと思われる。

なので、スザンヌとのことなど知りもせず、ちょくちょく寄っていたそうだ。

「今思えばだけど、母のことをよく話題にしていた気がする」

あくまでも事情を知った今考えれば、とアレックスは頷いていた。

スザンヌのご機嫌伺いだったり、ミリーナの下で心労はないかなど、些細なことを行くたびに聞かれたらしい。だが、今はそういうことか……と納得できたようだ。

「スザンヌ王妃に結婚の打診をする前に、現国王との婚約が決まって、大層嘆いていたそうですよ？」

「あぁ、どっかで見た感じがしてたけど、あの肖像画って母上の若い頃か……」

アレックスは具合が悪そうな表情をする。

今なお、母親を思うゴルテイン伯の愛の重さになんとも言えないのかもしれない。

「肖像画？」

「ゴルテイン邸に何度か行ったことがあったんだけど、エントランスホールの一番目立つところに、女性の肖像画がでかでかと飾ってあるんだよ。いや、まぁ……ウエディングドレス姿の――」

言いにくそうにモゴモゴと口にする。

どうやら、スザンヌとゴルテイン伯の並んだ肖像画があるようだ。それも、ゴルテイン伯は白いタキシードで、スザンヌがウエディングドレス姿だとか。

妄想と願望すべてを肖像画に込めて、飾っているのだろう。

(気持ち悪い)

エレトーンの率直な感想は、そのひと言に尽きる。他になにも浮かばない。

まだスザンヌがなにか言ってきたら「愛されていいですね?」と、嫌みを込めて肖像画のことを話して笑ってやろう。

エレトーンの口端が弧を描いた。

「なにかあったら、肖像画のことを母に言おうと思ってる?」

「そんな私に、憤りを感じます?」

最近、なんとなく馬が合うような気がしていたアレックスに嫌われるのは悲しいが、スザンヌと合わないのだから仕方がない。

あのスザンヌをやり込めてスカッとしたが、アレックスは自分の母親がやり込められたのだ。

エレトーンになにか思うところがあるのではと思った。

「なんで?」

「なんでって……」

エレトーンは思わず、言葉に詰まった。

どんな親だとしても、自分以外にやり込められていたら助け船を出してしまうもの。正直なところ、先ほどもアレックスに割り込まれていたら、どう転んだかわからない。

「言いたいことはなんとなくわかるけど、母上に関しては私に遠慮する必要はないから」

アレックスはそう言って、苦笑いした。

なぜ？　と聞きたかったが、聞いていいものか悩ましい。そのエレトーンの配慮に気付いたアレックスは、ニコリと笑って話を続けた。

「小さい頃、私がミリーナ王妃たちに怯えていたのは知っているよね？」

「はい」

「あの時、母上は私を助けたくても助けられないんだと思っていた……だけど、実際は助けようとすれば助けられるのに、助けてくれなかった。母上は、自分の安寧が一番でその次はどうでもいいんだよ」

皮肉を込めてそう言ったアレックスは、投げやりではなく、本当にどうでもいいように見えた。

「私を産んだのも、子供が欲しかったからではなく、ミリーナ王妃がもう子供を産みたくないと言ったからだし……所詮、スペアだし」

自分で言っていて虚しくなったのか、段々とアレックスの声は小さくなっていた。

貴族でさえ息子がふたりいれば、比べられるのだ。王子ともなればさらにだろう。アラート派の誰かが、そんなことを言っていたのを聞いたのかもしれない。

ミリーナがアラートを産んだ時は安産だったと聞くが、彼女には耐え難いものだったようだ。後ろ楯が弱いのだから、最低でもふたり産んだ方が地位は磐石(ばんじゃく)になるのに、よほど嫌だったのだろう。もう産まないと公言している。

アレックスが幼い子供がいじけるように言った姿が、エレトーンと初めて出会った頃の姿とデジャヴする。強くなったように見えていただけで、本質はきっとあの頃のまま。

その姿がなんだかかわいらしいと思うのは、エレトーンに弟がいるからかもしれない。

——パシン。

だから、つい肩を叩いてしまった。

「シャキッとしてください。そんなにスペアが嫌なら、誰かの唯一になればいい」

エレトーンも今はアラートの婚約者だが、自分に万が一のことがあったら代わりがいる。

それは、一番ではあるが、唯一でない……ということ。

それが嫌なら唯一になるしかない。アラートの唯一はお断りだけど。

「……唯一」

エレトーンの言葉を聞き、そう呟いたアレックスは、考えるように押し黙った。

自分が誰かの唯一にと、考えたことはなかったようだ。

「国王陛下でさえ、次の国王に代わるまでの替えなんですから――」

周りの人たちの無責任な言葉を真に受けないで、とエレトーンは伝えようとしたのだが、アレックスの心はすでにここにあらず。

下を向いてなにやら考え込んでいる。最後まで人の話を聞かないところは兄そっくりだなと思うと、エレトーンは複雑な感じがした。

だが、すべてが似ているわけではない。下を向いて考え込みはじめたアレックスに一礼して、エレトーンはその場から立ち去るのであった。

侯爵家に帰る馬車の中で、エレトーンはいつもなら振り返らない王城を窓から眺めていた。

来月に、学園を卒業すれば、学園とここを往復することもなくなる。そう考えるとなんだか感慨深いなと、遠くなっていく王城を見ていた。

思えば、アラートとその関係が拗れはじめたのはいつだっただろうか？

『おまえ、女のくせになまいきだ！』

そうだ。中等部に上がりアラートが羽目を外しはじめ、それをエレトーンが注意した頃ではなかっただろうか？

『いちいちうるさい奴だな』

それをきっかけに、アラートはエレトーンを邪険に扱いはじめ、エレトーンはアラートの粗が目につくようになったのだ。気付けば贈り物もパーティーのエスコートもほとんどなくなり、カリンが現れてからはそれがよりに顕著になった。

こうなると、なにを言っても溝が深まるだけで、改善することはなかった。

それでも……とエレトーンなりに頑張ってきたつもりだった。だが、それももうすぐ終わることだろう。ただ、終わらせるのはエレトーンではない、アラートだ。

アラートがこれ以上なにかするなら、エレトーンはアラートの蒔（ま）いた種を完膚なきまで蹴散らし、自分の種（みらい）を華やかに芽吹かせてみせる。

エレトーンは遠ざかっていく王城を見て、心に誓ったのであった。

五章　お粗末すぎる断罪劇

「エレトーン！　お前との婚約を破棄する‼」

卒業パーティーという場を選んだお花畑コンビに、エレトーンは思わず感心した。

エレトーンがアラートだったらここを選ぶかはともかく、アラートがこの時を狙ったのは正解だ。

卒業パーティーという場は、人が多く集まる。人が多く集まればそれだけ注目され、それを見聞きした子が親に、おもしろおかしく伝えるだろう。断罪にはもってこいのシチュエーション。

だが、それは諸刃の剣。

注目を浴びるのはエレトーンだけではない。アラートも同じだ。よほどの手腕がなければ、ただお粗末なやらかしで終わる。この初手の言葉を聞くに、アラートにそんな力量があるとは思えない。

最後の最後まで、空気を読まずエレトーンに突っかかってくるなんて。

この卒業パーティーまでなにもなければ、国王は無理でもそれなりの爵位はもらえたのに、その可能性すら自ら消してしまった。

「はぁ……却下」

ここまでお粗末すぎると、一周回って憤りではなく憐れみを感じる。

ふたりを見たエレトーンは、心底疲れたことをごまかすように腰に手をあてた。

アラート王子が気のせいかと、眉根を寄せてもう一度問えば――

「は？」

「却下いたしますわ」

エレトーンからは、わざとらしく大仰に開いた扇の音とともに、同じ返答があった。

「は？　お前に却下などできるわけないだろう‼　エレトーン」

アラートは小バカにした様子で笑った。

エレトーンに婚約破棄されたくないのはわかるが、王子……いや、王太子であるこの私が命ずるのだ。却下などあり得ない、とでも思っているのだろう。

だが、エレトーンは扇で口元を隠し、不敵に笑っていた。

「できますわ。そもそも〝破棄〟などと……解消か白紙の間違いじゃなくて？　アラート殿下」

不貞の証拠をその腕に抱き、どの口が破棄だなんて言うのか。エレトーンには到底理解ができなかった。

「は？」

エレトーンが激昂し墓穴を掘るのを期待していたアラートは、まさか冷静に反論されるとは想定しておらず、動揺を隠しつつエレトーンを見た。

「大体、非があるのは、どう見てもそちらでしょう？　破棄を申し出るとしたら、我がハウルベッグ侯爵家の方からですわ」

浮気した側が婚約破棄を宣言して、それがまかり通るなら、この国は終わりだ。

エレトーンは開いていた扇をこれ見よがしにパチンと畳むと、わざとらしくカリンにその先を向けた。

常識人にはどちらに非があるかなんて一目瞭然だが、浮気を〝真実の愛〟だと洗脳されてしまった一部の人には、現実をしっかりとわからせる必要があるだろう。

「なにを言っている‼　白紙、撤回？　お前の所業——」

「所業とはなにかしら？」

畳んだ扇を再びバサリと広げ、アラートの言葉を優雅に叩き切る。

そして、ヒラヒラと仰ぐ姿は実に優美で、婚約破棄をされようとしている令嬢には見えなかった。

「なっ！」

言葉を途中で遮られ、苛立つアラート。

微塵もダメージを受けないどころか、余裕があるエレトーンに、カリンはドレスを掴み、悔しさでワナワナと震えていた。

「い、色々とやったじゃない‼」

「お黙りなさい」

「……っ！」

パチンと手の平に勢いよく扇をあて、威圧するように畳むエレトーン。

その音に本気でビクついたカリンは、思わずアラートにしがみついた。

「一介の男爵令嬢が、殿下と婚約者の会話に口を挟むなど、礼儀知らずも甚だしい」

現時点でカリンはアラートの浮気相手なだけで、なんの権限もない。なのに、高位貴族のエレトーンと王太子の会話に口を挟むなんてあり得ないこと。

「そうやって、カリンを虐めるな」

エレトーンの態度が気に入らないアラートや、数名の取り巻きたちがカリンを守るように半歩前に出てきた。

エレトーンから守るかのように、アラートはカリンを自分に引き寄せている。

エレトーンはこんな時だが、ふと思う。あなたが守るべき相手は、本来なら婚約者であってそちらではないのでは？と。

大体、エレトーンにどうこう言う以前に、この状況を冷静に考えてほしい。

権力を笠に着た者たちが、女性ひとりを糾弾しているこの異常な事態を。これで紳士気取りなのだから笑える。

エレトーンでなかったらなにも言い返せず、アラートたちの思い通りに断罪されるのみである。

「虐め？　礼儀作法を知らないその娘に礼儀を教えただけですわ」

「おまえはそうやっていつもカリンを虐め、見下していた。だから、お前と婚約を破棄するのだ‼」

ちなみに、カリンを虐めていたのはエレトーンではない。

カリンが非常識すぎてイラついた者たちが、エレトーンの知らぬところでやっていただけ。でなければ、エレトーンに注意されたことを虐めだとカリンが捻じ曲げて解釈しただけ。

そもそも、婚約者のいる王子にちょっかいを出すからそうなったのだと、自覚してほしい。

（絶対に無理だと思うけど……）

「何度も申しますが、そちらから提案するのであれば、〝白紙〟か〝解消〟ですわよ」

婚約破棄を突きつけた方が体裁がいいからそうしたいのだろうが、浮気相手を隣に置いて……どう考えても無理がある。

（……なぜ気付かない）

「まぁ、この卒業パーティーに婚約者の私ではなく、違う女性をエスコートしている時点で……俺は〝不貞しています〟と、宣言しているようなものですけど」

破棄を宣言する場所ではないが……するにしても、浮気相手同伴なんてあり得ない。

このふたりの頭があまりにもお花畑すぎて、皆はエレトーンに同情していた。

「なので、アラート殿下。私、エレトーン＝ハウルベッグから、あなたとの婚約を破棄させていただきます」

こんなところでこんな宣言をしても、国王や父侯爵からお許しがあるとは思えないが、自分の名誉のために、アラート王子を真似て相手に指をさし、仰々しく言ってみた。

しかし、まったくスカッとしない上にアホらしい。エレトーンは恥ずかしさをごまかすため、虚無になっていた。

恋は盲目、障害があるほどに燃えるとはいうけれど……。燃焼材（エレトーン）がなくなったら、火が消えたりしないのだろうか。

エレトーンから逆に宣言されると想定していなかったアラートは、二の句が継げず口をパクパクさせている。

しかも、エレトーンの憐れみのこもった視線がアラートを無性に腹立たせた。

「お、お前は――」

アラートが拳を握りしめ、反論しようとした瞬間――

隣にいたカリンが、勝ち誇ったような笑みを浮かべ、アラートの言葉を止めた。

「いいじゃない。これで破棄できたのだもの」

〝破棄〟だとしても、どちらが有責なのか理解していないのか、どうでもいいのか……それとも、これでエレトーンの座に取って代われると思っているのか、カリンは得意気だった。

「そうだな、カリン。卒業したら、すぐに俺たちの結婚式を挙げよう」

アラートは、エレトーンとはまだ正式に婚約解消の手続きを完了していないのに、他の女性との結婚式の話をする。

これが不貞でなくて、なにが不貞だ。

エレトーンだけでなく、良識ある者たちの表情をしっかり見た方がいい。祝っているように見えているのか？　羨んでいるように？

アラートたちは、周りの者たちの表情が抜け落ちていることに微塵も気付いていなかった。

「まぁ、これから大変だと思いますが、おふたりともどうぞお幸せに」

どんな末路が待っていようが、もうエレトーンが関与できる範疇(はんちゅう)を超えている。

処刑はされないだろうが、楽しい未来は待ってはいないだろう。エレトーンは心からお悔やみを申し上げるかのように深々と頭を下げ、ドレスを翻した。

こんな茶番劇から降りて、早く家に帰って眠りたい。これから、色々とあるのは目に見えている。だが、とりあえず、現実逃避がしたいエレトーンだった。

「ふん、これから大変なのはお前だろう？　平民になるか修道院送りになるかのどちらかだからな」

身も心も家で癒そうとしていたエレトーンの背に、アラートのバカにした声が聞こえた。

たとえ王太子と婚約を解消したとしても、エレトーンがよほどのことを起こしていない限り、平民や修道院送りになんてならない。だが、なぜか自分の言葉が絶対だと、アラートは思い違いをしているようだった。

エレトーンは侯爵家の令嬢だ。しかも、高度な教育を受けた王太子の婚約者である。そんなエレトーンを、皆が放っておくわけがない。多少傷がつこうが、利用価値はあるのだ。

利用価値がある以上、みすみす平民に落とすわけがない。ましてや非があるのはアラートで、エレトーンではない。多少、周りが騒いだとしても、今と大して生活に変わりはないだろう。

アラートがいくら息巻いたところで、エレトーンの地位が揺らぐことはないのだ。

むしろ、侯爵家と一派を敵に回すことになるカリンは……悲惨な末路しかない。

このまま黙って退場してもいいが、踵を返した時に「やっておしまい！」的な表情をしたマイラインと目がバチリと合い、帰るタイミングをなくした。

仕方がないので、少しだけ茶番に付き合うことにする。

「なぜだか、とても勘違いされておりますので、少しだけ確認を……」

「私との婚姻はなんのために結ばれるとお思いで？」

「……は？」

「お前の父親が権力欲しさに、強引に結んだものだろう‼」

強引かはさておき、侯爵が権力第一なのはあながち間違っていない。むしろ正解だ。

だが、相手あっての婚約だ。侯爵だけの利益なわけがない。その大事な部分が欠如している。

エレトーンの形のいい口から、深いため息が漏れた。

「アラート殿下の母方の爵位がなにかご存じで？」

「知らぬわけがないだろう」

「では、第二王子であるアレックス殿下の母方の爵位はもちろん？」

この国には王妃がふたりいる。

第一王妃は、王が愛した伯爵家出身のミリーナ。

第二王妃は、才女と呼ばれた侯爵家出身のスザンヌ。

かわいいだけの第一王妃に公務など期待できず、王は諦めて第二王妃を迎えた。

第一王妃は当然反発したが、公務がまともにできないのだから仕方がない。それでも、王妃の地位ではなく側妃にしろと、ミリーナの実家とひと悶着あったそうだが、公務を丸投げする以上はそれなりの肩書きが必要だと、黙らせた経緯がある。

スザンヌは権力を笠に着るような人ではなく、息子よりミリーナの子であるアラートに王の資質があるなら、立太子に異論を唱えることはなかった。

だが、この事態が耳に入れば……スザンヌが動く可能性がある。いや、動かざるを得ないだろう。ゴルテイン伯とのことをエレトーンが匂わせたから。

ただでさえ、スザンヌの後ろ楯はミリーナよりあるのに、対抗できるエレトーンを切ってしまった。もはや、破滅しかない。

そう思い、エレトーンは一応忠告したのだが……。

なにか手でもあるのか、アラートにはエレトーンを鼻であしらうくらいの余裕が見えた。

「はん、そんなことか。知らないわけがないだろう。だからこそ、コイツらを味方につけた」

そう言って、後ろに控えている令息たちにチラリと視線を促した。

アラートも心底バカではないらしい。エレトーンもチラリと確認すれば、最近アラートとよく一緒にいる者たちで、侯爵、伯爵と名立たる家の令息ばかり。

アラートはアラートなりに考えていたようだ。なら、なぜこんな場所でしでかす次第になったのか。おそらく、エレトーンを派手に断罪して、不貞を〝純愛〟だ〝真実の愛〟だとすり替えたかったからだろう。

アラートにつくなら、誰か止めてほしかった。

エレトーンは再び現実逃避がしたくなったが、またしてもマイラインの視線に現実に引き戻される。

エレトーンはキリッと顔を引きしめると、思わせぶりにアラートの取り巻きを見た。

「役に立つのかしらねぇ」

「お前と同じ侯爵家。アラート殿下を支えられる」

そう言って半歩前に出てきたのは、エレトーンも知っているゼブラン侯爵家の嫡男マイクだ。

多少、エレトーンの家より見劣りするが、アラートを支えるには充分だろう。だがしかし……である。

エレトーンがなにもしないでいるわけがない。

「この一件がなかったら、でしょう？」

侯爵家という肩書きゆえか、彼は周りが見えていないらしい。エレトーンは、アラートが望むような悪い笑みを浮かべて見せた。

「……どういうことだ」

「あなた……家同士が決めた婚約者がいらっしゃいましたでしょう？　なのに、そちらのご令嬢に大層入れ込んで……」

「き、貴様に家の――」

「そうそう、それでゼブラン侯爵、ものすごく憤慨なさって、家督を次男にと……お考えのようですわ」

これは、マイクの婚約者キャサリンからの情報と、ハービィによって裏付けは取ってある。

なので、有力な情報というより確信している話だが。

「え、な、は⁉」

家に帰らず遊び惚けているから、今、家でなにが起きているのか気付かないのだ。

アラートと同じ船に乗っても、なにかいいモノが手に入るわけでもないのに、ご苦労なことである。

「それもそうよねぇ。ゼブラン侯爵がお決めになった婚約者を蔑ろにして、他のご令嬢と？　しかも、そちらが有益かと思えば、まさかの不良債権。どう考えても、そうなりますわよね」

「貴様が……貴様が告げ口したんだな⁉」

自分たちに不利益なことがあれば、すべてエレトーンのせいとなるようだ。

「なんでもかんでも、私のせいにしないでもらえます？」

「お前以外に誰がいる‼」

「誰って……そこかしこにいる警備兵や先生方だと思いますけど？」

エレトーンはそう言って、隅に立っている警備兵を見た。高い授業料は警備にも使われているし、生徒の素行に問題があれば、教師からも家に連絡があるのだ。

ルールがあっての自由である。そこを履き違えてはならない。

「「……」」

警備兵や教師がそんなことをすると思っていなかったのか、アラートたちは顔を見合わせ絶句した。

身分関係なく平等に扱う……ということは、そういうことなのである。だから、この学園は信頼が厚く、親も安心して子供たちを通わせるのだ。

「私を含め、皆さま方の言動はご両親に逐一報告されていますのよ？　アラート殿下も陛下に学園生活について、なにか言われたことがおありでしょう？」

「……」

アラートも誰かに言われたような気はするが、口うるさいとばかりに右から左に聞き流していた。

他の令息も同じなのか唖然としている。

「ですので、その女性を虐めたり危害を加えたりだなんて……しませんわ」

するのなら学園外でやるし、徹底的に潰す。

アラートの隣で笑っていられるのが、エレトーンが関与していない証拠なのだ。

大体、自分の査定もされているのに、そんなくだらないことで経歴に傷がつくのは矜持が許さない。

「「「……」」」

その言葉に、カリンを虐めていた令嬢たちは身体を震わせ、顔面蒼白になる。

あの時、エレトーンが止めてくれなかったら、今頃……と。

黙っていてくれたエレトーンに感謝するのであった。

「し、嫉妬に我を忘れたのだろう‼」

ここまで丁寧に説明してあげたのに、なにがなんでもエレトーンを悪者扱いしたいのか、アラートはわざとらしく声をあげた。

アラートがまだ引き下がるつもりがないのなら、エレトーンももう黙っているつもりはない。

「嫉妬？」

「そうだ、お前は──」

「好きでもないのに、嫉妬？」

「……は？」

「嫌だわ。まさか、私がアラート殿下を好きだとお思いで？」

「なっ！」

「会えば嫌そうな顔をして口を開けば文句だらけ、仕事まで押しつけ始めたと思えば、とうとう不貞まで……そんなあなたをどうしたら好きになれるのか、逆にお聞きしたいくらいですわ」

勘違いも甚だしいと嘲笑してみせれば、今の今まで本気でそう信じていたのか、アラートは絶句している。

「大体、私が殿下を好きだったとして、私のその気持ちを知った上で蔑ろに──」

「やだぁ‼ 好きじゃないのに結婚しようとしていたの⁉」

このままで分が悪いと思ったのか、ただなにも考えていないのか、カリンがエレトーンの言葉を遮った。

そして、かわいそうと言いたげな視線をエレトーンに送ると、アラートの腕にピタリと寄り添う。アラートの婚約者の前で……。

「それが貴族ですの」

「私も貴族だわ。だけど、私たちは〝真実の愛〟を知ったの。だから邪魔しないで」

エレトーンはふたりの邪魔など微塵もした覚えはないのだが、ふたりの愛を引き裂く悪者にしたくて仕方がないようだ。

「邪魔とかいう以前の問題だと思いますけど？」

「愛されたことがないなんて……エレトーン様って、すごくかわいそうな人なんですね！」

不貞について苦言を呈したつもりだったが、カリンはエレトーンを憐れむ言葉でごまかした。こうやって、本題か話を逸らしていくつもりなのだろう。

「かわいそう？　さて、それはどちらかしらね」

エレトーンは不敵に笑った。

カリンの言動など、今更気にも止めないエレトーンは、扇をトントンと軽く手で叩いて取り巻きの男たちを見た。現実が理解できていないカリンはともかく、取り巻きたちは段々と現実と向き合い始めているようだった。

「ゼブラン侯。いえ、マイク様」

「な、なんだ？」

「早々に家にお帰りになった方が、よろしいのではなくて？」

「……は？」

「今頃は……ゼブラン家の跡継ぎと、今後について、両家で話し合いが行われているでしょうから」

「あ、跡継ぎ⁉　ど、どういうことだ‼」

あれほど息巻いていたマイクが、エレトーンの話を聞き激しく動揺した。

そんなマイクの様子に、エレトーンの口角が悪女のように上がる。

「今日は誰とこの会場に？」

「……っ」

エレトーンにそう言われ、マイクはハッとした。

今日は卒業式だ。婚約者のキャサリンはいつも自分にうざったくつきまとい、エスコートなしでもパーティーに来ていたのだから、当然今日もひとりで来るものと思っていた。なのに、その彼女が辺りをいくら見回してもいない。

「バカね。婚約者を蔑ろにするからよ」

呆然としているマイクを見て、エレトーンはなんの感情もない声で呟いた。

そこにいる男爵令嬢なんかに現を抜かしているから、周りが見えていないのだ。

キャサリンは、この卒業パーティーを最後通牒としていた。

マイクがドレスを送ってこないことで既に諦めていたが、迎えにさえ来てくれれば、婚約の継続も考えていた。なのに、マイクは、いつも通りひとりで来るだろうと迎えにいかなかった。

自分で自分に引導を渡したのである。

マイクには一歳違いの弟がいる。

家の縁での婚約なら、別にマイクにこだわる必要はない。たとえ、ゼブラン侯爵が婚約破棄を渋ったとしても、キャサリンの家には公爵令嬢のマイラインが擁護についた。

マイクによほどの価値がなければ、もう家は継げないだろう。ここにひとりで来た時点で詰んでいた。

その旨をエレトーンが伝えたら、呆然としていたマイクは真っ青な顔になり、慌てた様子で会場から去ったのであった。

愛のない結婚だとしても、相手の浮気を許せるかは別の話。

浮気相手に熱を上げすぎて、貢いでいたともなれば、両家の親からの信用は地に落ちる。大事な娘を託す方は考えるし、嫁ぎ先の侯爵家の面目も丸潰れだ。

親同士がそれなりに交流があるのなら、マイクは家に帰っても針の筵（むしろ）だろう。彼が侯爵家を継ぐことはない。

……必然的に、アラート王子の後ろ盾からひとりが脱落した。

「残念ながら、ゼブラン家の後ろ楯……なくなりましたわね？」

カリンが望む悪女らしい笑みを浮かべてあげたら、カリンはわかりやすいくらいにワナワナと震えていた。

本当のか弱い女性なら、ここは怒りで震えるのは不正解で、怯えてみせるのが正解だ。そのことにアラートは気付いていないのだから笑える。

「あ、あなたのせいで……っ！」

「婚約者を蔑ろにすれば、相応の報いはあるのよ」

（マイクを通してアラートやカリンにも言っているのだけど、それに気付いているのかしら？）

「そちらのおふたりも婚約者がいらしたでしょう？　こんな茶番に付き合って、親を怒らせてもいいことありませんわよ？」

「「……そ、それは」」

「今まで放置していた婚約者と話し合った方が、いいのでは？」

エレトーンはここぞとばかりに、残りの取り巻きの不安を煽った。

カリンが高位貴族なら、まだ少し話は違ったかもしれないが、残念ながらカリンの家に力はない。

……となれば、考えるまでもない。

取り巻きたちの顔色が悪くなってきたのを見計らって、エレトーンはさらに笑みを深めた。

「あなた方も一度、家にお帰りになられては？　マイク様同様に、あなた方の行動は報告されているでしょうし、婚約をこのまま継続するのかしないのか、跡継ぎは変えるのか……今頃は、協議されているのではなくて？」

婿に行く予定だったら、地に落ちた信頼を回復し、継続するなど至難の業だ。

娘を蔑ろにしてきた男を娘婿に迎えてもいい……だなんて、彼らに相当な特技や能力があるなら別だが、あるのならこんな事態になっていないだろう。

終わったなと、会場にいた皆も憐憫の目を向けていた。

その視線にいたたまれなくなったのか、今からでもと考えたのか、残っていた取り巻きたちも転がるようにして去っていったのだった。

「さて……」

残るはお花畑コンビだけである。エレトーンは改めてアラートたちに向き直った。

「アラート殿下と……？」

「カリンよ」

カリンのことを知らないエレトーンではないが、正式に名乗られていないので知らないふりをした。

チラリと見ただけなのに、カリンは大仰に怯えてアラートにしがみつく。

もうカリンの味方はアラートだけだった。

「ねぇあなた。ひょっとして、私とアラート殿下の婚約が白紙に戻れば自分が……なんて勘違いしておりません？」

「勘違い？　事実でしょう？　あなたという障害がなくなれば、私たちは晴れて結婚できるのよ。私は未来の王妃なの。無礼はほどほどにした方がよくてよ？」

まだ勝ったと思っているカリンは、そう言ってエレトーンの仕草を真似、腰に手を当てた。婚約者であるエレトーンさえいなければ、アラートとなんの問題なく結婚できると思っているようだった。

だが、庶民と違ってそう簡単にはいかないのが、高位貴族や王族である。

エレトーンはカリンのあまりの無知さ加減に、ため息が漏れた。

「あなたたち、本気でそうできると思っていますの？」

「どういうことだ」

アラートは、切り札として用意したマイクたちがいないのに、まだ希望を持っているようだ。目障りなエレトーンさえここで糾弾できれば、他の貴族を抑えられると考えているのかもしれない。

「万が一……アラート殿下の御身になにかあったとして、弟のアレックス様がいらっしゃいますよね？」

「カリンだけじゃ飽き足らず、この俺にもなにかするつもりか⁉」

「いやぁ！　アラート様ぁ。カリン怖い‼」

悲劇のヒロイン、ヒーローにでもなったみたいに、ふたりはわざとらしく震えている。

「するわけないでしょう。バカバカしい」

ここまで丁寧に説明してもなお、理解してくれないアラートとカリンには、呆れ果てる。

もう帰りたいと出口を見たら、マイラインが、お前がやらなければならない仕事だと言わんばかりの視線を向けてくる。内心では、マイラインをどつきつつ、気を引きしめた。

「要は〝替え（スペア）〟がいるという話です。アラート殿下の代わりにアレックス殿下がいるように、私の代わりもいるってことですよ」

婚約者の候補に一度名が挙がった令嬢を見たが、パッと目を逸らされた。

関わりたくないという態度が丸わかりだ。

「……は？」

ここまで言ってまだわからないアラートに、エレトーンは途方に暮れそうだった。

「エレトーンが婚約者でなくなれば、私や他家の令嬢が……ということですわよ」

そんなエレトーンに、やっと助け船を出したのはマイラインだ。

彼女の言う通りエレトーンが婚約者でなくなれば、当時候補に挙がった令嬢やマイラインが再びアラートの婚約者に浮上するだろう。

なぜなら、貴族なら誰でもアラートの婚約者になれるわけではないからだ。

まず、必要なのはアレックスの母スザンヌより格上の家であること。

次に、その令嬢に王妃の資質があること。

最後に、ミリーナやアラートの色に染まることなく、NOと言える気質を持つ令嬢であること。

当然そんな条件をすべて兼ね備える家は少なく、コーウェル公爵家とハウルベッグ侯爵家の二家だけだった。だが、公爵令嬢であるマイラインでは権力が集まりすぎると、エレトーンがアラートの婚約者になったのだ。なのに、そのエレトーンが婚約者でなくなれば、どうなるのか。

国王は難しい決断を余儀なくされることだろう。

なにしろ、エレトーンがアラートの婚約者になった時点で、候補に挙がったほとんどの令嬢が他家と婚約してしまった。

それを王命で破談とさせるのも手ではあるが、それは悪手でしかなく王家とて無傷ではいられない。しかし、改めて選定するには時間と労力が必要だ。

……となると、現時点で婚約者のいないマイラインの名が挙がる可能性は、かなり高かった。

「なら、カリンが――」

「なれると？」

変なところで頭が働くアラートは、他家と聞いて真っ先にカリンでもと考えたようだ。

カリンの名が出た途端に、マイラインのこめかみがピクピクしている。令嬢らしく笑みを浮かべて、丁寧に説明しているが、内心は怒り心頭なのだろう。

「ご存じでして？　教育がなされていない方は〝婚約者〟にすらなれませんのよ？」

マイラインもこれ見よがしに扇をバサリと広げた。

扇を広げることで殴りたい気持ちをごまかしているとエレトーンは推測する。

「これから教育すればいいい‼」

「そうよ‼　その人にできたんだもの、頑張れば私にもできるはずだわ‼」

アラートがカリンにさせればいいと豪語したために、王太子妃教育のなんたるかどころか、貴族としての教育もままならなそうなカリンが、なぜか自信満々に言ってのけた。

その瞬間、マイラインの扇がボキリと音を立てた。

学園で成績上位にいることさえないのに、どうにかなると思っていることにキレたようだ。

百歩譲って身分は下位貴族でも平民でもいいとしよう。だが、王太子妃教育は、学園の期末試験みたいに付け焼き刃でどうこうできるレベルではないのだ。

エレトーンでさえ数年かかったのに、カリンが同じレベルにすぐ辿り着くとは思えない。

マイラインは軽々しくそう言ったカリンに、強い憤りを感じたのだ。

まるで、自分たちの学んできたことが簡単だと言われているみたいで許せなかった。ワナワナと震えるマイラインに代わって、エレトーンが仕方なく続ける。

「私たちが何年もかかった教育を、そんなすぐに終えられるのかしら？　大体、先ほどから言っているように学園は遊び場ではありませんのよ？　なのに、学業や交流に励むどころか、婚約者ではない女性に現を抜かして……陛下がこのことをお知りになられたら、アラート殿下の王太子の立場を考え直すとは思いませんか？」

ここまで丁寧に説明したのだから、いい加減わかってほしい。

エレトーンはそんな願いを込めて、もう一度諭した。

……が。

アラートにはまったく伝わらなかったようだ。

カリンを自分に引き寄せると、頬をポッと赤らめドヤ顔を見せた。

「〝真実の愛〟を見つけた私を、父上はわかってくださる」

「「「…………」」」

お前はなにを言っているのだ？　と会場にいた皆の心はひとつになった。

エレトーン派ではない人でさえエレトーンに同情的になり、婚約を破棄するならば彼女を全力で擁護しようと心に誓ったのであった。

そんな会場の空気を、微塵も読めていないのがアラートとカリンのバカップルである。

皆が呆れて言葉を失っているのを、〝真実の愛〟を目の当たりにした者たちからの羨望の眼差しだと思い違いし、二の句が継げぬのは同意だろうと、都合のいい解釈をしていた。

このふたりを諭すことはもはやエレトーンには無理だった。話せば話すだけ、こちらの神経が擦り減っていく。こうなれば、関わらないのが一番である。

会場の皆は、エレトーンに憐れみの視線を送っている。

不本意ながら、どうにかしてと縋っている皆の視線に、エレトーンも気付いていた。

どうにかしてほしいのは私の方だと、エレトーンが天を仰ぎかけたその時——

パンパンと手を叩く音が、静まり返っていた会場に響いた。

「すてきですねぇ、真実の愛。私も是非ともあやかりたい」

「アレックス‼」

なぜここに？とアラートは首を傾げつつ、これはエレトーンの所業をアレックスにも伝える好機なのではと考えた。

誰もかれもが、唐突に始まったアラート劇場に困惑しているのにもかかわらず、その元凶であるアラートは、自分のことで頭がいっぱいで周りもなにも見えていないのだ。

「エレトーン嬢、今回も兄上が迷惑をかけたようだね」

「ふふっ。こんなの迷惑のうちに入りませんわ」

エレトーンの右手を優雅に取り、今までのことを労うように、その甲にキスしてみせれば、会場の女性たちから黄色い声があがっただけでなく、カリンも口を開いた。ただ、カリンの口から漏れたのは羨むような声だったが。

「お前らそういう関係だったのか⁉」

アレックスが現れたことにより、アラートに集まっていた視線は一気にアレックスに向いてしまった。そのことが、アラートを苛立たせた。

「そういう関係とは？」

「手にキスをする仲だということだ！」

会場の空気がそのアラートの言葉で、白けに白けていた。

手の甲にキスくらい、恋人でなくとも敬愛を示す行動としてすることがある。アレックスの仕草に労いはうかがえたが、アラートの考えるようないかがわしさは一切見えない。

「は？」

そう言われたアレックスに、本音はともかくとしてやましいことはない。アラートのつけた陳腐な言いがかりに動揺することはなかった。

「なにをとぼけている！」

だが、アラートの反応は違っていた。このアレックスとのやり取りが、エレトーンを貶める好機だと考えたらしい。

自分はさておき、不貞行為を理由に皆を味方にできると思ったのだ。

しかし、アラートの考えは浅はかすぎた。

その言葉にアレックスとエレトーンは微塵も動揺しない。むしろ、ますます堂々とした姿を見せていた。しかも、ふたりはどちらからともなく顔を見合わせて笑ってみせたのだ。

「だって？　ちょっと手の甲にキスしただけなのに」

「ふふっ、口付けを交わす仲のあのふたりには言われたくないですよね？」

「え？　口付けって、あのふたりってそういう仲なの？」

「らしいですわよ？　なんでも……中庭や街中で口付けを交わす姿があったとか」

「へぇ、婚約者以外と？　そっちの方がよほどただならぬ関係っぽいけど」

「私もそう思いますわ。ですが、アラート殿下はそうはお思いになられないみたいで」

「確かに……今も、平然と婚約者以外の女性をエスコートしているしね？　私には兄上のお考えが高尚すぎてわからない」

「私もちょっと」

反撃のついでに暴露や揶揄う仕草や言動まで交えて、すべてを笑い飛ばしたアレックスとエレトーン。こちらのふたりの方が一枚も二枚もうわてだった。

「「なっ⁉」」

アラートとカリンは言われた瞬間、怒りと羞恥で顔を真っ赤にさせたのだから、エレトーンが適当に言ったセリフは事実らしい。

「でも、そんな行動を起こすってことは、兄上はエレトーンではなくその女性を選んだ……ということですよね？」

「あ……あぁ」

「ちなみに、どちらの令嬢で？」

誰かなんてアレックスは当然知っている。

だが、さも当たり前のように連れているアラートに、アレックスは念を押すためにわざ訊いたのだ。

「あ、えっと」

「カリンだ。私は彼女を王妃に迎えようと考えている」

名乗ろうとしたものの、アレックスにチラリと見られたカリンは、思わず頬を染め反射的にアラートの袖を掴んだ。アラートはそれを、アレックスに睨まれたからだと勘違いして、カリンを庇うように一歩前に出た。

愛する者を庇うその姿は、実に素晴らしい行動。だが、それはあくまでも庇う相手が婚約者であれば……の話。

エレトーンと婚約は白紙となる予定ではあるが、アラートはまだそれを知らない。どう繕っても彼が連れているのは、浮気相手。不貞の証拠である。

「ここにいる婚約者、ハウルベッグ侯爵家の令嬢エレトーンを差し置いて？」

『いや、まだ検討している』と言われても困るが、ここはハッキリさせるため聞いておく。

「あぁ、そんなことか。さっき破棄してやった」

アラートは、やっと自分のターンがきたと勘違いしているようだ。

あくまでも上から目線で『してやった』と言ったアラートに、アレックスは眉をピクリと動かした。

どうして、誰もがわかるこの状況でエレトーンが有責なのか。怒りで胃がキリキリしてくる。

「破棄？　あぁ、兄上の有責で？」

国王に通しもしないで勝手に破棄するのは言語道断だが、最後になるかもしれない。一応話だけでも聞いてやろうと、アレックスは考えた。

だが、すぐに聞かなければよかったと後悔する。

「は？　もちろんエレトーンの有責だ」

「なぜ」

「カリンを虐めていたからだ‼」

「……」

「エレトーンは自分の身分を笠に着て、このカリンを罵ったり仲間外れにしたりと……それはもうひどいものだった」

アラートがありもしない罪状をつらつらと言うと、カリンは大きな瞳に涙を溜め、アラートの胸に顔を埋める。

なにも知らない人が聞いたら、カリンの泣いている姿は庇護欲をかき立て、エレトーンがひどい所業を働いたように思うだろう。

　だが、アレックスはエレトーン以外の女の涙に絆されるほど甘くはないし、ましてや茶番劇を見ているのだ。アラートとカリンの芝居がかった言動に呆れていた。

「う〜ん、まったく状況がよくわからないんだけど、そのカリンとかいう令嬢とエレトーンは学年が違うよね？　なのにその令嬢のもとにエレトーンがわざわざ罵りに行ったってこと？」

「そ、そうです！」

「ふうん、それを目撃した人は？」

　アレックスは周りにいた者に挙手を求めた。

　ただでさえ、上級生が下級生のもとに行けば目立つのに、エレトーンは王太子の婚約者。それに加えて、洗練された姿はどんなに身を潜めても人目を惹くのだ。そんな彼女が下級生の教室に来たら大騒ぎになったことだろう。

「下級生の教室は知りませんけど……その方がエレトーン様の教室に来ていたのは見たことがありますわ」

「私も！　なんだか、その方が無視しないでくださいとか言って騒いでました」

　目撃情報はあったが、カリンの言っていることと真逆の意見が出てきた。

　エレトーンが来たのではなく、カリンが行った事態に皆はざわつき始めていた。

「ほら！　やっぱり私を無視していたじゃないですか！」

　襲来した事実は無視して、カリンは己の言い分を強調する。

だが、ここにはカリンの言い分を無条件で聞く者はいなかった。

「いや、当たり前だよな？　知らない奴に唐突に話しかけられれば、誰だってそうなる」

「しかも、一方的に相手にしろとか言われたら、俺でも怖くて無視するわ」

エレトーンに同情する声の方が大きくなっている。

いつもと違う光景に、アラートとカリンは焦っていた。いつもなら、ここで取り巻きが賛同しエレトーンが悪い雰囲気になるのだ。しかし、それもエレトーンにより退場していない。ふたりを擁護する声はまったくなかったのである。

「え？　エレトーンのストーカー？」

「ストーカーじゃないわよ‼」

しかし、やっていることはそれに近い……いや、それ以上だ。エレトーンがいるところに突如として現れては、一方的になにか言って去っていく。それがストーカーでないならただの追っかけである。

わざとらしく怯え身体を震わせたアレックスに、カリンは憤る。

これでは、エレトーンを断罪するどころか、ただストーカーの茶番劇になってしまうと。

「あぁなんだ。兄上の浮気相手が婚約者に言いがかりをつけていただけか」

ザックリ言うとそういうことである。

エレトーンがされていた嫌がらせを、たったそのひと言に集約してしまったアレックスにエレトーンはため息が漏れた。カリンたちのしたことは許されることではないが、そうひと言で片付けられると、そんな幼稚な話だったのかとアホらしくさえ思う。

皆もアレックスのそのひと言に大きく納得していた。

むしろ、エレトーンはよく我慢していたなと思った。

婚約者でなくとも、恋人が不貞を働けば怒るのは当たり前だし、その相手につらく当たらない方がおかしい。だが、エレトーンは一切相手にしなかった。

それも、言いがかりや嫌がらせを受けていたにもかかわらずだ。

その事実に、ますますエレトーンに敬服する皆なのであった。

「〝浮気〟ではなく〝本気〟だ!!」

しかし、ここでまた空気を読まないアラートが声をあげた。

(は?)

まさかここから形勢逆転を狙ったのか、ただ浮気という言葉が引っかかったのか、まだなにか言うアラートに、アレックスは頭が痛くなってきた。

論点はそこではないとか、浮気の意味を理解すらしていないのか……と。

「そこに愛があろうとなかろうと、婚約者や恋人がいる者が不貞を働けば、それは普通に〝浮気〟でしょうよ」

思わず呆れ口調になったのは否めないだろう。

だが、それでもアラートは一瞬驚いた素振りを見せたが、ケロッとしていた。

「は？　父上だって私の母がいながらお前の母と結婚しただろう？」

「……」

「だが、私はそんな不誠実な父とは違う。愛する人だけを妻に迎えたいんだよ」

アレックスは、首を傾げながら、器用に蔑む目をしてしまった。

アラートの言っていることは、まったくもって逆だ。

アレックスの母スザンヌとは政略結婚だが、先に決まっていた相手で、それに割り込んできたのがアラートの母ミリーナだ。

なぜ国王と自分が違うと思うのか。アレックスに言わせれば、目くそ鼻くそである。

いろいろ言いたいことがあるが、なぜ国王の許可なくその女を王妃に迎えられると思っているのか。

おおよそ、ミリーナが自分に都合よく息子に教えているのだろうが、あまりにも浅薄で怒りより失望感の方が大きい。

厳しく教育をしているようなことを国王は言っていたが、なにに対して厳しくしていたのだろうか？学があっても常識外れに育っているではないか。アレックスはアラートを通して国王にも失望していた。

「もし、その令嬢を妻に迎えるにしても、順序があったと思うけど？」

「は？」

「こんな公の場で、それもわけのわからない口上を自分勝手に……しかもひどい言いがかりまで」

恥ずかしくないの？　とまでは口にしなかったが、アレックスの目を見れば言ったも同然であった。

「兄に向かってその言い草はなんだ‼」

「非常識な兄で皆様には申し訳なく――」

「この私をバカにするのも大概にしろ‼」

騒ぐだけのアラートに代わって、アレックスが大仰に頭を下げる仕草を見せれば、元凶であるアラートが怒鳴った。ここまでしてもなお、この場の空気が読めないようだ。

しかも、アレックスがわざわざ妃ではなく妻と揶揄って見せたのも、気付いてなさそうだ。

「兄上……いい加減、周りをよく見なよ」

アレックスがそう言えば、周りはまるで腫れ物を扱うように距離を取り、目を逸らす。そこでやっと、周りが自分たちに賛同していないと気付いたようだった。

「ちっ！　愛を知らないたわけ者が‼」

（たわけはお前だ）

皆は何度目かわからないため息をつく。

もう今更、アラートに常識を教えようがどうにもならないだろう。

むしろ、どうにかする必要性がないと判断したアレックスは、アラートに対する態度を適当なものへと変えた。

「真のたわけは誰なんだか。ですよねぇ、国王陛下？」

アレックスがそう言って入口付近に視線を送れば、そこには息を切らした国王が立っていた。

まさか二階の貴賓室から見ていたとは思っていなかったエレトーン。

同じく知らなかった皆に混じって、目を見張った。

「お前は！」

国王が発したその言葉は、アラートを指すのかアレックスを指したのか、エレトーンにはわからなかった。

しかし、アレックスの様子を見る限り、貴賓室から国王が観覧していたのを知っていたと感じた。そして、そこから見ているだろう国王がアラートの失態を咎めに来ると、アレックスは想定していたらしい。

国王はアレックスのその想像通りに来た……というわけである。そのアレックスの物言いに一瞬顔を顰めたが、すぐに取り繕うと侍従たちをアラートのもとに向かわせた。

「父上、お話が！」

「黙れ‼」

「え？　なに⁉」

国王のあまりの剣幕にカリンは一瞬身体を震わせたが、そこは持ち前のメンタルですぐ平常心に戻る。怖かったら誰かに泣いて縋ればいいいと、カリンはそう思っていた。

国王が侍従を呼び、まだなにか騒いでいるアラートと一緒に連れていかれていても、カリンはまるで悲劇のヒロインみたいな表情だった。

「性格や教育面はともかくとして、あの強靭なメンタルは王妃に向いていますわよね？」

「うん、まぁ」

なにを言われても心が折れないのは、確かに必要な要素だ。しかし、ミリーナに通じるというのが大前提にあり、ものすごく嫌そうな顔をするアレックス。

「義姉にならなくてよかったですね？」

「冗談でもやめて」

国王たちが退出する姿を見ながら、エレトーンとアレックスは呑気にそんなことを言っていた。アラートたちのやらかしさえ揶揄してみせる寛大さと、それを客観的に見られる冷静さがふたりにはあるのだ。

アラートが次期国王になると思うと不安しかなかったが、このふたりがいる限り安泰だろうと、心から思う皆なのであった。

六章　終わりよければ？

「不肖の兄アラートがお騒がせをいたしました」

国王やアラートたちがいなくなった後。

アレックスがそう頭を軽く下げれば、会場にいた皆は「アレックス殿下のせいではありません」と言うしかない。

正直言えば色々と聞きたいが、当事者で被害者と言ってもいいエレトーンの手前、言及することを配慮した皆。

その後、何事もなかったかのように卒業パーティーを続け、この場がもとの賑やかな状態になったところでエレトーンはアレックスと一緒に会場から出てきた。

「終わりよければすべてよしかな？」

「あれのどこによしの要素が？」

あっけらかんとそう言ったアレックスに、エレトーンは呆れていた。

エレトーンに言わせれば、あれほどのことがあったのに、よく収拾できたなと感心する。まあ、退場した者以外は最低限の常識がある。空気を読んでくれたのだろう。

「だけど、これで兄上は王座から遠のいたね」

アレックスはなんとも言えない表情をしていた。

尊敬はできないが、アラートを心底嫌っているわけではないからだろう。

だが、アレックスも資質なしと思われているならともかく、国王の信頼はアラートより厚い。よほどの失態でもない限り、アラートにもう挽回の余地はなくアレックスが立太子されるに違いない。

「アレックス殿下はそれでよろしいので？」

陰ながら……という意味では、母スザンヌ王妃と息子アレックス王子は似ている。

だが、優越感を得るために、わざわざ陰の立て役者を演じているスザンヌと違って、アレックスは本気で表に立つのが好きでないのだ。

アラートを蹴落とせばこうなると安易に想像でき、アレックスには悪いことをしてしまったなとエレトーンは思っていた。

「まぁ、仕方ないんじゃない？　エレトーンの苦言を聞き流したのは兄上だし」

国王と両王妃は静観していたけど、エレトーンは苦言を呈していた。

だが、あの王子はやっかみだの小姑だのと、微塵も聞き入れなかった。むしろ意固地になる始末だ。

「陛下はどう判断しますかね？」

国王は甘くはない。

だが、好きで一緒になったミリーナには甘い。その息子アラートにどこまで厳しくできるかは、さすがのエレトーンにも予測もできなかった。

「アラート殿下にはしっかりと、厳しい判断が下されると思うわよ？」

アレックスと会場の裏に移動しつつ話していると、遅ればせながら同じように逃げてきたマイラインが後ろからそう声をかけ、笑う。

「そうかしら？」

エレトーンが首を傾げれば――

「だって、ねぇ？」

そう言って、意味深にアレックスを見るマイラインは、目線を外に移した。

エレトーンがついその視線を追うと、ちょうど会場の裏口から馬車が一台出ていくところだった。家紋など見なくても、あの彫り物やシックな装飾からして先ほど会場を去った国王のものだろう。

そのすぐ後に、もう二台が後を追うように出ていった。遠すぎて家紋は見えなかったが、マイラインが意味深に見る相手がその馬車には乗っているのだと考えた。

「え？」

最後に出ていった馬車には見覚えがある。

目立たない焦げ茶色のフォルム。あれは、エレトーンの父、ハウルベッグ侯爵がお忍びで使っている馬車に酷似していた。

「変なところで詰めが甘いのよ。エレトーン」

「……」

エレトーンを出し抜いたとばかりにマイラインは腰に手を置き、胸を張った。

エレトーンの想像通りなら、今出ていった馬車は、国王陛下、マイラインの父コーウェル公爵……そしてエレトーンの父ハウルベッグ侯爵である。

さすがのエレトーンもそのそうそうたる顔ぶれには唖然だ。

「マイラインが呼んだの？」

「まさか。手を貸したけど、私じゃないわよ」

「では？」

マイラインでないならとアレックス王子を見れば、意味ありげに笑っていた。

国王たちを動かせる人物なんて、限られている。この笑みから察するに、彼がなにかしたに違いない。

「不特定多数の証言は、時に役に立たないことがある。真実とは己の目で見たことがすべてだ……と陛下以外に公爵たちにも来ていただいた」

「……」

「国のトップ3が見ちゃったんだから、嘘偽りどころか言い訳無用、言語道断だよね」

「……」

確かに、後々息子や出席者から聞く詳細より、己がその場にいれば、それがすべてだ。アラートが都合よく言葉を並べたところで、国王はそれが真実か否か知っている。アラートは終わったな……と、エレトーンは思った。

「逃げ道すら塞ぐとか……」

「エレトーンがずっとされていたことを考えれば、このくらいの意趣返しいいんじゃないかな？　そもそも、あの場であんなことをしなかったら、国王や公爵たちは我が子の晴れ姿を見るだけで終わったのだから」

そう言ってウインクするアレックスに、エレトーンはなにも言い返せなかった。

チラリと見ればマイラインはなにも言及せず、アレックスを見て肩を震わせているのだから、このふたりは共犯だろう。

「アレックスに頼まれたら、嫌と言えないわよ」

ジト目のエレトーンに見られ、マイラインは肩を竦めてみせた。

だが、エレトーンはさらにジト目である。マイラインなら断ろうとすれば断れる。だが、断らなかったことがすべてをもの語っていた。

「そんな目で見ないでくださる？　エレトーンお義姉様」

「………………は？」

その瞬間、エレトーンの全身に悪寒が走り、鳥肌がものすごい勢いで立った。

「エレトーンお義姉様⁉　なにを言っているのよ？」

（冗談でもお腹がぞわぞわするわ！）

普段、どんなことがあったとしても、動揺なんてほとんどしないエレトーンが動揺していた。

「ふふっ」

エレトーンが不審な目で見たが、マイラインは気にもせず、意味深な笑みを浮かべ踵を返した。

エレトーンは思わず隣にいるアレックス王子に視線をやるが、彼も思い当たらないらしい。

（――碌でもない気しかしない）

エレトーンは収まらない悪寒に、腕を摩（さす）りながら帰路に着くのであった。


「「お疲れ様でした。お嬢様‼」」

ハウルベッグ家に着くと、家令たちが勢揃いでエレトーンを迎えてくれた。

「ありがとう？」

たかが卒業パーティーの後にしては、仰々しい。

エレトーンは適当な笑みを浮かべながら、なにかあるのかと思考する。

皆の挙動を確認しつつ、部屋着に着替えに向かうのだった。

「お父様は？」

「お嬢様の晴れ姿を見に行くとおっしゃっておりましたが……」

着替えを手伝う侍女曰く、エレトーンと一緒に帰ってくると思われていたらしい。

自分のものとは違う侯爵家の馬車が、会場から走り去る姿をチラッと見たが……あのまま、国王たちと王城へ向かったのだと推測する。

侯爵は基本的には慎重だが、動き出したらエレトーンなど足元に及ばないほどに早い。商談相手に先手を取らせることはあっても、終わってみれば侯爵の想定通り……なんてことがほとんどだ。

その侯爵が、ここへ帰っていないのだから、アラート王子のやらかしの熱が冷めないうちに、畳みかけてしまうつもりなのだろう。

まさに鉄は熱いうちに打て、である。打って打って打ちまくって、自分の思い通りの形に収めてくるに違いない。エレトーンにはまだ、真似のできない所業だ。

「食事の後は、湯浴みとマッサージ……他にご要望があればおっしゃってください」

エレトーンが考えていると、侍女頭がニコリと微笑みながら部屋の扉を開け、促した。

「旦那様と奥様から、今までの労をねぎらうようにと仰せつかっておりますので、なんなりと」

「……そういうこと」

帰ってきた時のあの仰々しい出迎えに、今やっと納得した。

婚約を破棄されたら普通、労わってもお祝いなんてしない。エレトーンがアラートのことを、なんとも思っていないことを知っていたのだろう。

「お嬢様。本当にお疲れ様でした」

「……」

侍女たちに改めてそう言われると、なんとも言えない。

エレトーンは適当に笑みを浮かべてごまかすしかなかった。

――侯爵が帰ってきたのは、次の日の早朝だった。

朝食の前に、執事長や侍女頭も呼んだ侯爵はため息をひとつつき、こう言ったのである。

「アラート殿下とエレトーンの婚約は、正式に白紙となった」と。

こちらから破棄とならなかったのは、王家に借りを作らせるため。

アラートの有責は間違いないが、破棄だと互いに傷が残る。アラートの傷が残ろうとどうでもいいが、エレトーンに傷が残るのは……と表向きの顔で侯爵は言い、その書類をエレトーンに見せた。

婚約白紙の書面と、白紙によってハウルベッグ家に支払われる額と内訳表。

当事者のエレトーンでさえ驚愕の内訳表だった。

「エゲツない」

金額を見たエレトーンは、思わず口から滑り出た。

アラートに費やした時間を返してほしいとは願ったが、金額にされるとなにも言えない。娘のエレトーンですら若干引く大きな額であった。

「だが、これでホーレンの農地と貯水池を造るあてができた。半分はもらうが、残りの半分はお前が自由に使うといい」

そう言って満面の笑みを浮かべた侯爵に、エレトーンは渇いた笑いを漏らす。

娘の婚約破棄ですら、侯爵家の利益に繋げるのだから感服する。

ホーレンとは、ハウルベッグ領で一番遠い場所に位置している小さな村で、大きな街とは違い中々手が回らずこまねいていた。僻地であるが故に、資材搬入や人件費もバカにはならないからである。

それをエレトーンの慰謝料で補填するようだった。

「どんなやり取りがあると、こんな額がもらえるのよ」

「それはだな――」

エレトーンがたまらずそう聞けば、侯爵は悪党みたいな笑みを浮かべて話し始めたのであった。

——それは遡ること、約半日。

我が息子であり、王太子であるアラートの学生生活最後の晴れ舞台。

国王は行く気はなかったが「最後ですから」と、アレックスやかわいい姪のマイラインの進言もあり、卒業パーティーを迎賓室からヒッソリと見ることにした。

行く気はなかったとはいえ行けば、皆が知らない場所で隠れて見るのは、なんだか童心に返ったようで少しワクワクした。

そんな国王が気分よく見ていれば、息子アラートが盛大にやらかしてくれた。

男爵令嬢に入れ込んでいるのは、エレトーンや学園長から聞いていた。だが、所詮はただの火遊び。己の立場を理解し、卒業までの間のことだと思っていた。

思っていたのに……！

「エレトーン！　お前との婚約を破棄する‼」

あろうことに、この場であんなことをしでかしてしまった。

それも、妹の夫であり愛妻家として名高いコーウェル公爵と、息子の婚約者エレトーンの父ハウルベッグ侯爵の眼前で。

国王は慌てて貴賓室から駆け出し、叱責したものの……時すでに遅し。頭に花が咲いたアラートを庇うどころか、事態の収拾すらできなかった。

「なぜ、こうなってしまったのだ」

国王は帰路に向かう馬車の中で、苦虫を噛み潰したような表情をしていた。

今日の出来事がたとえ事実だったとしても、見ていないのならなんとでもできた……のだが、コーウェル公爵とハウルベッグ侯爵の両者が揃って見てしまった。

国王だけではもう庇いきれない。愛する人との子ではあるが、どうしようもないだろう。

アラートを切るのも自分が責任を取るのも、仕方がないことだろう。ある程度は容認する。

だが、あれだけの人数の前で盛大にやらかしたアラートを庇うことは、もはや至難の業。奇跡でも起こさない限り、国王の力をもってしても無理だ。

「お前はどこまでついてくる気だ」

アラートと件のカリンを別室に軟禁し、ひと息つこうとしていた国王の視界に、チラリと人影が映った。

「この書類にサインと判を押していただいたらすぐに帰ります」

「……」

そう、エレトーンの父ハウルベッグ侯爵である。

ただでさえ頭が痛いのに、会場からずっとついてきていたらしい。

ゆったりと微笑む侯爵に、国王はげんなりしていた。

王城に着き、執務室に足を向けるその背中に、ハウルベッグ侯爵が侍従をひとり供につけ、いい距離を取りつつついてきていた。

手に持つ書類がなんだかわからないが、さっきの今である。碌な書類であるわけがない。

「明日でよかろう」

「サインするだけですから、ものの数秒ですよ」

確かにサインだけなら、一分もかからない。だが、それはあくまで、内容を確認しないのならばだ。

微笑んでいるにもかかわらず、ハウルベッグ侯爵は不気味だった。だが、国王はその微笑みの裏側が見えた気がした。

娘に大恥をかかせただけでなく、屈辱感を与えたのだ。そこまで虚仮にされ、怒らぬ親がいるわけがない。

「……」

これは、大事になるぞと国王はこめかみを揉むのであった。

一向に帰らないハウルベッグ侯爵に諦め、執務室の椅子に腰を下ろせば、侯爵が連れてきた侍従が書類をサッと目の前に置いた。

その侍従をどこかで見た覚えがあると感じたが、置かれた書類の厚さにどうでもよくなっていた。

（なんだこの厚さは！）

辞書かと思うくらいの書類の厚さに圧倒されつつ、国王はざっと目を通し……絶句した。

息子アラートの所業を事細かに書かれている上に、エレトーンに費やした無駄な時間への慰謝料。

この婚約を〝破棄〟にするか〝白紙〟にするか、それによる影響を鑑みた請求金額。

アラート王子を廃嫡にするか否かで出した試算額……等々。

もはや、ぐうの音も出ない。

「サインと判を」

くしくも、椅子に座る国王をニコニコと笑ったハウルベッグ侯爵が見下ろす形となっていた。

それはまるで、今の力関係を示しているようであった。

「玉璽をお出しいたしましょうか？」

そう追随してきたのは、コーウェル公爵である。

彼もまた当然のように、イイ笑みを浮かべながらついてきたのである。そんなコーウェル公爵に、国王は頭を抱えていた。

ただでさえ、国王とミリーナ王妃の関係をよく思っていない彼にとって、同じようなことをしたアラート王子の所業は、腸が煮えくり返る出来事のはず。

現に口は笑っているが、目が笑っていないのがそれを物語っている。

「玉璽など必要ない」

王命で婚約したわけではない。

ミリーナは望んでいたが、国王は婚約を王命で決めたくなかった。

国王からの懇願を断れる者は少ないが、あくまで命令ではなく、お願いという体を取っていたのだ。それに忖度するか否かはハウルベッグ侯爵次第である。

そして、国王とミリーナの意向を汲み、エレトーンとの婚約が成立したのである。

「高くはないか？」

婚約を破棄や白紙にしても高額すぎると、国王が眉根をこれでもかというくらいに寄せていれば――

「では、こちらを」

そう言ってハウルベッグ侯爵が手を軽く上げれば、侍従がさらに分厚い書類を国王の目の前に差し出す。

「……」

今度はなんだと、国王は痛い頭を揉みながら渋々目を通し、すぐに押し黙った。

そこに記載されていたのはドレスや宝石など、装飾品の数々。その取引先と購入品のリストと金額。

エレトーンに買って与えた装飾品なのかと、国王は苦々しい表情をしていたが、さらにめくったページを見て固まった。

パーティー費用や、それに伴う護衛などの経費が詳細に記載されていたからだ。

「お前はどこまで請求する気だ！」

慰謝料や賠償の請求から逸脱していると、さすがの国王も憤りを見せた。

払う気でいたが、物事には限度というものがある。

そう怒鳴った国王に、ハウルベッグ侯爵は微塵も怯まないどころか、笑みはさらに深まるばかり。

「失礼」

慰謝料は払って当然だと思うが、やりすぎなら咎める必要がある。コーウェル公爵は国王が見ていた請求書を確かめることにした。

「……っ！」

コーウェル公爵はその書類へ次々と目を滑らすごとに表情が険しくなっていった。

コーウェル公爵の許容範囲でさえ、ゆうに超えていたのだ。

「由々しき問題ですな」

「だろう⁉」

コーウェル公爵が自分の味方についたと思った国王は、机をダンと叩いて立ち上がった。

「えぇぇぇ、ただちに議会に持ち込み即刻検証し、必要性を問いただすべきだと‼」

「ハウルベッグ侯。取り下げるなら今だぞ？」

険しい顔で踵を返すコーウェル公爵を見て、国王は口角を上げた。

コーウェル公爵を筆頭に、侯爵たちが集まり議会ともなれば、さすがのハウルベッグ侯爵でもどうにもできないはずだ。

欲をかきすぎだと逆に窘められれば、慰謝料の減額に持ち込めるだろう。

国王自ら、事を収めてもいいとハウルベッグ侯爵をしたり顔で見た……が当人はシレッとしていた。

「ハウルベッグ侯、この書類を預かってても？」

「えぇ、どうぞ。よろしければそちらも……」

執務室から退出しかけたコーウェル公爵がそう言えば、ハウルベッグ侯爵は侍従に違う書類の束を手渡すよう目配せした。

書類ケースごと受け取ったコーウェル公爵は、先に受け取った書類を侍従に一旦持たせ、ものすごい速さで目を通していく。

ページがめくられるたびに、コーウェル公爵の手が震えていた……憤怒の表情で。

「そ、それは？」

徐々に頭が冷えてきた国王は、なにかおかしいことに気付き始めていた。

このハウルベッグ侯爵が、自分の不利になる書面を自ら作成し見せるだろうか……と。

「控えでよろしければ」

「よこせ！」

ハウルベッグ侯爵から奪い取るようにして書類を見た国王は、なぞるように何度も確認し……記載されているものの意味を知ると、愕然とし椅子に崩れ落ちるのだった。

「どこか遠方の国には『働かざる者、食うべからず』なんて言葉がありますが、言い得て妙。この方々は報酬に見合った職務をしていますかねぇ？」

「……」

「こんなに使っていたのか……」

「こちらはアラート殿下が懇意にしている〝令嬢〟へ流れた資金――」

ハウルベッグ侯爵が最後まで言うまでもなく、コーウェル公爵は書類を奪えば、コーウェル公爵の顔がピキリと音を立てていた。

青筋なんてかわいいものではなく、身体中の血管が浮き出ているようだった。

「……」

国王はもうなにも言わなかった。

というより、なにも言えなかったのである。

その書類に記載されていたのは、婚約中にエレトーンにかかった費用などではなく、ミリーナとアラートが使った公的資金だった。

それも、嫌みがありありと含まれた日付。エレトーンがアラートと婚約した日から、今日まで両者が使った額なのだ。

娘が必死に王太子妃教育を受けている間、アラートとミリーナがなにをして、なんのためにお金をかけていたのか、それはもうこと細かく記載されていた。

〝お前の王妃とその息子は遊んでいるだけ〟でこんなに金を使っているが、どう釈明する気だ。と、ここぞとばかりに嫌みと苦言を呈しているのである。

ここまでされると、言い訳をする気さえ起こらない。

したところで、むしろ悪化するだけ。コーウェル公爵にいたっては、火に油どころか火口に大量の爆薬を投げ入れるようなもの。触らぬ神に祟りなしだ。

「陛下、判を」

この状況で、先ほどの婚約についての紙にサインと判を求めるハウルベッグ侯爵に、国王は唖然とするしかなかった。

だが、海より深い笑みで紙を再び差し出されれば、国王はサインと判を押すしか道はない。

◇＊◇

「エゲツない」

話を聞いたエレトーンは思わず、そう繰り返してしまった。

エレトーンもいくらか提示する予定でいたが、こんなに多くもらう予定はなかった。見たこともない額に、思わず何度もゼロの数を数えたほどだ。

「それが、父上の示した姉上への愛なんですね」

「そうなのよ」

ハービィが見直したとばかりに感動したら、ステラが満足そうに大きく頷く。

なにが〝愛〟だ。

そう思ったエレトーンは腕を摩ると、同じく腕を摩る侯爵と目が合った。

「「………」」

お互いに気まずくなったのは、言うまでもない。

話を逸らすついでに、気になるところを侯爵に聞いた。

「しかし、国王はどう出ますか？」

マイラインは廃嫡もありえると言っていたが、エレトーンは信じていない。

国王にとって自分の分身みたいなアラートを、非情に切り捨てられるのか。自分よりも付き合いが長い侯爵なら、国王がどう出るのかおおよその予想をしているのでは？と思ったのだ。

そう思っていたら、侯爵はクックツと肩を震わせた。

「立場は非常に悪いだろうねぇ」

出方を聞いたら、違う答えが返ってきたが……まぁ、そうだろう。だが、国王が是と言えば是にできる。

「アラート殿下のお陰で、ご自分の過去までほじくり返されるのは必須。特にミリーナ王妃は窮地に立たされることとだろうよ」

「そうなります？」

「〝なります〟ではなく、そうさせるのだよ」

そう言って侯爵は、仄暗い笑みを浮かべた。

「なんのためにアレックス殿下が、コーウェル公をあの場に呼んだと思っているんだ」

「よくコーウェル公が来てくださいましたね？」

彼は華やかな場が苦手だと、マイラインから聞いたことがある。

いくらアレックスに声をかけられようが、卒業パーティーに進んで来るタイプではない。

「卒業するのはアラート殿下だけではないだろう？」

「あ、マイライン」

表立って娘をかわいがる人ではないが、学生最後ともなれば見たかったのかもしれない。

「まぁ、想定以上だったが」

「……」

アラートがなにかをするかもと思っていたが、婚約破棄宣言にはエレトーンも驚きを隠せなかった。ある意味ではナイスアシストだったが、エレトーンのためにやったわけではないだろう。

「あれはおもしろかったよね」

在校生としてハービィも当然あの場にいたので、一部始終を見ていたのだ。

アラートのやらかしに思い出し笑いをしている。

「そう言えば、ハービィ。あなたどこにいたの？」

エレトーンは昨日の卒業パーティーを思い出し、自分を助けに出てこなかったことを不思議に思っていた。

いつものハービィなら、絶対にエレトーンの助けに入るどころか、アラート相手だとしても言葉のナイフで切り刻んでいたはずだ。なのに、姿すら見えなかった。

「貴賓室で見てたよ」

「貴賓室？　お父様と？」

「そうだよ」

姉大好きっ子のハービィは、あの場でアラートをどうこうするより、侯爵と国王を追い詰めることが姉のためになると考え、侍従として侯爵についていたのだ。

もちろん、アラートの周辺を調べるために必要な諜報員や資金など、手を貸してくれたアレックスに報告するのも忘れない。

アレックスのためになるのは癪に障るが、姉のためだと思えば許容できる。

「……」

自分の知らないところで暗躍する父と弟に、エレトーンはなんとも言えなかった。

このふたりが協力したら国さえ動かせそうだと、エレトーンはため息を紅茶と一緒に飲み込もうとした。

――その時。

予期せぬ来訪者の知らせが……。

「早いな」

知らせに来た執事に耳打ちされた侯爵はそうボヤき、客間に通せと答えていたのだから、侯爵の客なのだろう。

「エレトーン、ハービィ。お前たちも来なさい」

「「え？」」

侯爵にそう言われたエレトーンとハービィは、思わず顔を見合わせてしまった。

侯爵の客だが自分たちも応対する必要がある。

あるいは、自分たちに関係すること……ということだ。

色々と考えてはみたものの、どこの誰がこんな早朝に来るのかわからず、会った方が早いなと思った。

一応、なにかのために構えて客間に行けば……。

「マイライン⁉」

ニコリと微笑む彼女がいたのだ。

どういうことだと説明を求め侯爵を見れば、座れと促された。

モヤモヤするがとりあえず席に着くと、マイラインが先に口を開いた。

「朝早すぎるかと思いましたが、昨日のハウルベッグ侯の手腕に感服いたしまして、真似てみました」

昨日の侯爵の真似というのだから、相手に考える余地を与えず、先に動くということだろう。だが、侯爵は小さなため息をつくだけで、驚いた様子がない。こうなることを想定していたと見る。

「コーウェル公のお許しが？」

「アラート殿下とエレトーン様の婚約が白紙になりましたので、あとは当人同士で……と」

「さようであれば、私からはなにも」

自分とアラート王子の婚約の白紙と、マイラインの関係性を見出せず訝しんでいれば……マイラインはハービィを見つめてこう言ったのだ。

「ハービィ様、私をお嫁さんにもらってください」と。

（ぶふっ！）

思わずエレトーンは飲んでいた紅茶を、吹き出すところだった。

これが噎せないでいられるわけがない。紅茶を吹き出さなかっただけでも褒めてほしい。

「ハービィ様」

とマイラインにもう一度声をかけられたが、ハービィは予想外の出来事だったらしく彫刻のように固まっていた。

「…………え？」

突然の求婚に、なぜかハービィは目を擦り、どういうことだと侯爵にお伺いを立てる。

「エレトーンのためにと動いていたお前の手腕に、将来性を感じたそうだ」

「え？　は？　え？」

確かにエレトーンのために色々と考え動いていたが、それをなぜマイラインが知っているのかハービィにはわからなかった。

マイラインは猛追とばかりに、混乱しているハービィの隣に大胆にも席を移した。

「ハービィ様」

「は、はい」

「エレトーンと三人で、このハウルベッグ侯爵家を盛り立てていきましょう」

「はい‼」

あわあわとしていたハービィは姉であるエレトーンの名前が出た途端に、瞳をキラキラさせてマイラインの手をギュッと握った。

婚約が白紙になり、エレトーンはしばらく家にいるだろう。

ハービィはこのままいてほしいと願っているが、そうもいかない。自分かエレトーンのどちらかは、ハウルベッグ家から出ていかなければならないからだ。

そこへ、『エレトーンと二人で』というマイラインの魔法の言葉。

自分が侯爵を継いでも、姉に出ていけとは言わない……むしろ一緒にと言ってくれたマイラインに、ハービィの心は光の速さで傾いたのであった。

「マイライン。本気？」

「やだわ。冗談で求婚するわけないじゃない。お義姉様」

「……」

本気？　と口に出しつつ、心では正気かと聞いていた。

我が弟ながら、ハービィはなにを考えているのかわからないことが多い。自分だったら弟のような夫は御免だ。

だが、マイラインには心惹かれるなにかがあるのだろう。

アラート王子とエレトーンの婚約がそのままなら、権力の偏りで他の貴族からなにか言われただろうが、白紙になった今、それはない。

だから、これ幸いと翌日に突撃してきたのだろう。

この間、思わせぶりに〝お義姉様〟と言ったのはこういうことである。

ただの嫌がらせだと考えていたエレトーンは、まだまだ甘かった。

しかし、義理とはいえ、マイラインの姉になるのか。そう思うと、身体中がぞわぞわした。

マイラインは友人くらいがちょうどいい。身内には欲しくない。

「ハービィ様。エレトーンのためにこの侯爵家を盛り立てていきましょうね？」

「はい‼」

「「…………」」

マイラインが念を押すように言っている横で、エレトーンは思わず唸ったが、侯爵は無心だった。

どうやら、知っていた侯爵でさえ、この状況になにも言えないらしい。それもそうだ。

次期当主がシスコンだということを、許容する令嬢なんてあまりいないだろう。だが、マイラインは受け入れている。しかも、エレトーンと懇意にしているのだ。

ハービィからしたら、これ以上の嫁はいない。

だが、エレトーンは複雑だ。つい、これでいいのかと考えてしまう。

それは侯爵も同じなのだろう。だからこそ、無心というか虚無になっているに違いない。

後ろで控えていたステラの頬は、もはや引きつっていたけれど。

七章　十二本の薔薇

「兄上は正式な決定が出るまで、自室に幽閉中」

——後日。

アレックスに呼ばれ、登城したエレトーンが聞いた顛末はこうだった。

国王が廃嫡と明言したものの、即時決定とはならず現在は幽閉中らしい。

そうなると当然、甘いという声もあがったが、そこは自分が抑えていると、侯爵から聞いていた。まさかアラートの後ろ楯や後見人にでもなる気かと、密かに噂が流れているようだが——

『王子という付加価値があった方がいい』と口角を上げた侯爵の姿を、皆は見ていないからそう思うのだろう。

王子という肩書に、それなりの価値はあるそうだ。なので、自害や病気、変に痩せこけても困る。結果、牢ではなく軟禁。ついでに一般常識も学ばせているらしい。

利用できるモノはとことん利用してやるとい侯爵の強い意思を感じる。

そのことをアレックスに明け透けに言ったとしたら、なにかあったらお前もそうするぞ?と言っているのと同義だ。エレトーンは、あの父だったら匂わすくらいは言ってそうだと、深いため息が漏れた。

「男爵令嬢のことも知りたい？」

別にどうでもいいかなと思っていたら、アレックスが笑った。

「あれは、かわいがりすぎもよくないってことの典型例だよね」

遅くにできた娘で、砂糖菓子にさらに砂糖加えるくらいにかわいがりすぎた結末だったらしい。

男爵夫人が少しお金に無頓着なくらいで、極々普通の貴族だった。

だが、今回のことで窮地に立たされ、最後には失踪した……とのこと。

他家のご子息を巻き込んでの卒業パーティー。他の貴族から煙たがれ、自領の民にも白い目で見られ、いたたまれなく失踪。

——ではなく。

周りの反応に、とうとう男爵夫妻が『愛し合っただけでなにが悪い！』と逆ギレしてしまったようだ。その失言のせいで民の暴動に発展、身の危険を感じ夜逃げした……それが事の真相らしい。

おとなしく領地経営をしていれば、静かな余生を過ごせたのに残念である。

「あぁ、結局、その男爵家の領地、ハウルベッグ侯爵家への慰謝料の代わりにと、話が出ているのは知ってた？」

「今、知りました」

侯爵が忙しないのはいつものことだが、さらに忙しい感じがしたのはそういうことかと納得したエレトーン。

王家と男爵家からの慰謝料で、ハウルベッグ侯爵家は怖いくらいに潤っていた。

道理で忙しいのに、いい笑顔なわけである。

「興味がないだろうけど一応報告すると、彼女はワーゴイス伯爵のところに送り込まれるみたいだよ？」

「あらら」

エレトーンが思わずそう言ってしまったのにはわけがある。

古くを辿れば、王族に辿り着く血筋であるワーゴイス伯爵。ここは法務省に勤める女系家族だ。そして、仕事同様とにかく法に厳しい。

カリンのしたことを考えると、平民暮らしの方がましだと思う暮らしになることだろう。

平民になって野垂れ死にされるより、エレトーン的には気が楽だった。

ひょっとしたら侯爵がエレトーンに配慮してくれたのかもしれない。

（……が、そんな優しさが父にあるのかしら？）

「男を誑かすのには長けているんだから、利用価値はあるよね？」

そう悪い笑みを浮かべるアレックスから、侯爵と同じ匂いがしたのは気のせいだろうか？

「せっかくエレトーンといるのだし、つまらない話はそこまでにしようか？」

そう言って、普段は行かない裏庭に足を進めるアレックス王子。

その後をついていけば、どこか見たことがある景色が広がり、少し懐かしい気持ちになる。

初めて王城に来た時、父を待つ間、この辺りを散策した覚えがあったのだ。

記憶を呼び起こしていれば、アレックスが不意に足を止めた。

「そうそう、国王が退位なさることとなった。まだ一応オフレコだけどね」

そう言って振り返ったアレックスは、どこかスッキリした顔をしていた。

まるで憑き物でも落ちたような表情である。

アラートの責任をどう取るのか、貴族の間では水面下で噂されていた。

アラートの廃嫡も、国王が思い切れるのかとエレトーンは考えていたのに、まさかの国王退位。随分と思い切った決断であった。

「では、アレックス殿下が？」

アラートは廃嫡こそ免れたが、臣籍降下が決まった。

となれば、必然的にアレックスが次期国王になる。

アレックスは国王という地位に興味はなかったが、エレトーンを手に入れるにはアラートを蹴落とすしかなかった。結果的に兄アラートは自滅し、アレックスの足下に王座が転がり込んだ。

「まぁ、今すぐではないけど……そうなるね」

どこか他人事の様子のアレックス。

今までなるつもりはなかったのに、急に降ってきた次期国王という地位に、アレックスは複雑な気持ちらしい。

「王妃たちは？」

国王が退いて、王妃だけが君臨するわけにはいかない。

国王が退くなら、王妃も連座だ。

だが、あの我が儘なミリーナと、政務に携わるのが好きなスザンヌが、おとなしく王城から出ていくとは思えなかった。

「ミリーナ王妃とは揉めに揉めているみたいだけど、まぁ、おそらく……国王と離縁する方向になるらしい」

「離縁ですか？」

エレトーンは意外な展開に驚いていた。

アラートが失態を犯したが、ミリーナ自身はなにもしていない。

せいぜい、離宮に追いやられるか、郊外に隠居。その程度のことで済むだろうと考えていたが、まさかの離縁。

王妃という地位に固執していたミリーナには、さぞかし寝耳に水だったことだろう。

「となると、スザンヌ王妃は？」

「兄上の生母ではないから、あの人を追い出す理由はないんだよね」

なにしろ、息子であるアレックスが国王となれば、国母となる。

ミリーナと違って散財はしていないし、公務や政務を進んで行っていた。おまけに、国王のサポートもしているほどで、彼女を失脚させる理由がないのだ。

国王が退こうが、現時点で王妃の代わりになる人物がいない以上、政務をやってもらわなければ困るのが現状だ。

「追い出したいんですか？」

「そういうわけじゃないけど……ちょっと」

目の上のたんこぶであろうが、実の母である。

色々とあってよくは思っていないだろうが、憎んでもないはずだ。

そう聞いたら、アレックスは複雑そうな表情をした。

「ちょっと？」

「母のひとり勝ちみたいで癪に障る？」

「あぁ」

その言葉にエレトーンは大きく頷いてしまった。

スザンヌの心はスザンヌにしかわからない。だが、自分だったらどうだろうとエレトーンは考えた。

エレトーンには力を貸してくれる家族や友人がいた。

だが、スザンヌはそんな人物がいなかった……としたら？

若き日の国王は確かに浮気をしたが、今ほど騒がれることはなかっただろう。慰謝料請求もままならず、自分を虚仮にしたふたりはお咎めなしだ。

ミリーナのことだから、事あるごとにスザンヌの鼻っ柱を折りにかかったに違いない。ただでさえ、腹が立つのに、わざと突っかかってくるとなれば、スザンヌでなくとも腸は煮えくり返る話だ。

あげく、自分が嫌っている者へ嫁がされた日には、殺意さえ覚えるかもしれない。

どんな気持ちで第二王妃を務めていたのか、エレトーンには考えも及ばなかった。

アレックスを産んだのも、国王に頼まれたからとかではなくて、ただ単にミリーナに一矢報いたかったから？

だとしたら、この事態を一番喜んでいるのはスザンヌではないのか？

自分を裏切った国王を失脚させ、自分の矜持を奪ったミリーナを引きずり降ろせたのだから。

そもそも、アレックスは母が助けてくれなかったと言っていたが、そう感じていただけで実際には違うのかもしれない。

子を思う気持ちは人それぞれ、ひょっとしたらただのすれ違いの可能性すらある。

逆に本当に無関心もありえるが……。

エレトーンは考えたらキリがないなと、ため息をついた。答えなどスザンヌにしかわからないのだ。

「そんなことより、エレトーン。君に見せたいところがあるんだ」

「え？」

考え込んでいたエレトーンは、アレックスから差し出された右手に、少し気恥ずかしくも自分の手をのせた。

そういえば、婚約者だった頃でさえ、アラートにエスコートされた記憶がない。社交場以外でこうやって男の人と手を触れ合うのは、初めてかもしれない。そう思うと、エレトーンの頬に熱が籠った。

「ここだよ」

エレトーンが再びぼんやりしていると、アレックスの声が。

ぼんやりしている間に、着いたようだった。

「あ」

目の前に広がる光景に、エレトーンは息を吞んだ。

（こんな庭園が王宮にあったなんて……）

王太子妃教育で数え切れないほどこの王城へ来ていたが、こんなところがあったなんて知らなかった。

エレトーンの目の前には、赤、白、黄、ピンク、それこそ色も様々な多種多様の薔薇が咲き誇っているのだ。

ハウルベッグ侯爵家にも庭園はあるが、こんなにも鮮やかで華やかな薔薇園はない。

「綺麗ですね」

エレトーンがその壮大な薔薇たちに見入っていると、アレックスが庭園の奥に足を進めながら続ける。

「奥にある噴水が見える？」

「はい」

「ここは、初めて君に会ったあの噴水広場なんだよ」

「え？」

手入れは行き届いていたが、どこかもの寂しい噴水広場だったのをエレトーンは覚えている。そこでアレックスと初めて出会ったわけだが、そこがこんなに美しく改築されていたなんて気付かなかった。

アラートが連れてきてくれるわけがないのだから、エレトーンが知るはずもない。

嫌なことを思い出し、眉根を寄せた。

「覚えていないかな？」

エレトーンも噴水を見て、徐々に思い出していた。

侯爵に連れられて登城し、そこでアレックスと初めて会ったのだ。

国王との挨拶の後、話が終わるまでこの噴水で待っていた覚えがある。

噴水に面影が残るものの、景色はガラリと変わっていた。

「私はここで、君に初めて会った瞬間……心を奪われたんだ」

そう言って、アレックスは近くに咲いていた白い薔薇を一輪手折り、エレトーンにそっと手渡した。

「え？」

エレトーンはアレックスの思わぬ告白に、目を丸くさせた。

今まで綺麗になったとか色々と言われてきたけれど、社交辞令か冗談だと勝手に解釈していた。それが、すべて本気の言葉だったとしたら……？

そう思うとエレトーンはアレックスの顔がまともに見られない。

エレトーンはなんだかいたたまれなくて、もらった薔薇をクルクルと回す――が、エレトーンの手がふと止まった。

なぜなら、白い薔薇の花言葉は……〝ひと目惚れ〟だということに気付いたからだ。

心を奪われたと言って渡されたが、偶然だろうか？

どうなのかと薔薇を見ていたら、目の前には今度はピンク薔薇が。

「君に会って……心が救われた気がしたんだ」

ピンクの薔薇の花言葉は〝感謝〟。

救われたと言っているのだから、あの時のことを感謝しているということ。

またもや、アレックスの言葉と花言葉が重なった。

また、偶然？

いや、二度の偶然が重なれば、それはもう必然だ。

アレックスは花言葉の意味を知っていて、エレトーンに手渡している。

そうエレトーンが確信した途端——

初めに手渡された白い薔薇を改めて見て、エレトーンは胸がトクンと跳ねた。

〝ひと目惚れ〟。

自惚れでないなら、アレックスは自分を想っているということだ。

「君に会ったその日から、私は不安な気持が徐々に薄れていったんだよ」

次々とエレトーンに手渡されていく薔薇。

今度は薄い緑色の薔薇だった。花言葉は〝安らぎ〟。

「いつか君に相応しい男になったその時に……そう思っていたら、エレトーンは兄上の婚約者になっていた。私は愕然としたし、同時に胸が痛んだんだ」

黄色の薔薇は、友情。だが、同時に〝嫉妬〟という意味がある。

アレックスの言葉から、婚約者になったアラートに嫉妬していたのだと知り、エレトーンの頬はますます熱くなった。

「でも、エレトーンならいい王妃になるだろうって……自分の想いは胸にしまったんだよ」

エレトーンの持つ薔薇に、二色加わった。

王妃になるエレトーンを思い、紫色の〝気品〟。

オレンジ色は〝断とうにも断ち切れない結びつき〟。

アラート王子と結婚したら、この花言葉同様、切っても切れない義理の姉弟になっていただろう。

エレトーンは、薔薇を手折るアレックス王子を複雑な気持ちで見ていた。

彼は今まで、どんな想いを自分に抱いていたのか、花言葉をなぞって聞かされれば、どんな愛の言葉よりも甘く、エレトーンの心にじわじわと広がり響く。

それは、嬉しいようなこそばゆいような、不思議な気持ちだった。だけど、決して嫌ではない。それが、エレトーンの心を妙にざわつかせていた。

「だけど……幸運が舞い降りた」

アレックス王子が少し緊張した面持ちで、こちらへ振り返り、手に持つ青い薔薇をエレトーンに差し出した。

青い薔薇は〝奇跡〟だ。

エレトーンはこのまま兄アラートと結婚するのだと諦めていたのに、その隣に立つことができた。

そうなるように仕向けたつもりではあったけど……うやむやになる可能性だってあったのだ。

これが、奇跡でなくてなんなのか。アレックスはそう思っていた。

アレックスは数輪の薔薇を手に持ち、エレトーンの前にゆっくりと跪いた。

アレックスはエレトーンの瞳をまっすぐ見つめ、最後の薔薇となった黒い薔薇一輪と、赤い薔薇四輪をエレトーンに恭しく差し出したのである。

「あなたを愛しています」

黒い薔薇は〝永遠の愛〟を誓う。

赤い薔薇四輪は〝死ぬまで気持ちは変わりません〟。

一輪一輪の薔薇が、アレックスの想いをのせて、今、エレトーンの腕の中でひと際大きな花束となった。

アレックスの何年かの想いが、この薔薇たちにこもっているのだ。

「ふふっ」

エレトーンは思わず、この薔薇のような笑みをこぼした。

人によっては重い愛かもしれない。

だけど、エレトーンにはアレックスの想いは、こちらが恥ずかしくなるくらいに純粋で、嬉

しかった。そんなアレックスが、かわいくて愛おしく感じるほどに。

「そこは、『結婚してください』じゃないの？」

薔薇を手渡して愛を語るだけなんて……情熱的だが、少し消極的すぎる。

アレックスらしいと思わなくもないけど。薔薇を使った愛の告白なら、求婚がセオリーだろう。

エレトーンがクスリと笑っていれば、アレックスがわざと肩を竦めてみせた。

「そう言っているんだけど？」

「え？」

エレトーンは思わずキョトンとしてしまった。

〝愛している〟と結婚は同義ではない……とエレトーンは思うからだ。

アレックスは小さく笑うと立ち上がり、少しだけエレトーンに近付いた。

「薔薇の本数を数えてみた？」

「え？」

「薔薇の本数」

アレックスに悪戯っ子のような笑みで言われ、エレトーンはチラリと薔薇の花束を見た。

ひと目惚れと言われ、もらった白。

感謝されたピンク。

救われたと言ってくれた緑。

兄に嫉妬したという黄。

王妃になるエレトーンを思った紫。

断つに断てなかった想いのオレンジ。

アラート王子が廃嫡になって希望をみた青。

永遠の愛を誓った黒。

そして……死ぬまで気持ちは変わらないと想いのこもった赤。

赤い薔薇だけが四輪。

数えたら、十二輪あった。

そう十二輪。

色は様々だが、〝薔薇十二輪〟。

その数が示しているのは〝ダズンローズ〟。求婚（プロポーズ）である。

「返事はすぐでなくていいから」

薔薇の意味を理解したエレトーンに満足したアレックスは、薔薇の花束を見て固まっているエレトーンの頬に軽いキスを落とした。

「なっ！」

消極的だと勘違いしただけで、アレックスは計算し尽している上に、かなり積極的だった。

突然の求婚より、薔薇での演出のすごさに圧倒されていたエレトーンは、随分と無防備だったようである。

想いを告げて、少し緊張が解けたアレックスは余裕そうに見えた。

その余裕綽々(しゃくしゃく)のアレックスを見て、エレトーンは少しだけ意地悪な気持ちになるのは、形勢が逆転して悔しかったからだ。

だが、アレックスをフッたり思わせぶりに保留にするような不誠実な言動はしない。

ただ、ありのままの事実をさも残念そうに口にするだけ。

「でも……結婚できないかもしれないわ」

「え？」

さっきまで余裕綽々だったアレックスが、今度は慌てた様子でエレトーンを見た。

そんなアレックスがなんだかかわいくて、エレトーンは笑った。

「どういうこと？」

アラートが失脚した今、エレトーンさえ頷いてくれれば、アレックスにできないことはない。

だが、エレトーンの意味深な笑みに、アレックスの余裕などすぐに吹き飛んでしまった。

「マイライン――」

「マ、マイラインがどうしたの⁉」

「次期ハウルベッグ侯爵夫人になるかもしれない……のよねぇ」

確定ではなく、あくまで暫定。

だが、マイラインは公爵に了承を得ているようだし、ハービィは早くもマイラインに抱き込まれている。侯爵はマイラインとハービィの関係に唸っていたが、とくに反対はしていない。

ステラはこれでいいのか？と思いつつ承諾するだろう。

次期侯爵であるハービィが公爵令嬢のマイラインを迎えたら、エレトーンが王家に嫁ぐのはかなり難しい。

姉が王妃で、弟が公爵令嬢を妻に迎えるなんて、権力がハウルベッグ侯爵家に集中しまくりだ。

他の貴族から、不満の声があがるだろう。

そう説明すれば、アレックスは今初めて知ったのか、しばらく固まっていた。

「話が違う‼」

なにが違うのかわからないが、アレックスはすぐに切り替えた。

「エレトーン。そこをどうにかできたら、私と結婚してくれるんだよね⁉」

とエレトーンの両手を握るものだから、さすがにとぼけることはできなかった。

「でも、マイラインはもうコーウェル公の了承は得ているわよ？」

「早い‼」

マイラインの行動力にアレックスは脱帽すると共に、ものすごく焦っていた。

エレトーンのこともあり、ハウルベッグ侯爵家の子供たちの結婚について王家がどうこう言えない立場となっている。そこへ、公爵からの打診である。

ハウルベッグ侯爵に配慮したい国王は、公爵家との縁談をよほどのことがない限りは否とは言わないだろう。

「エレトーン、ごめん‼　国王に急用が——」

アレックスはそう言って踵を返し、早足で王宮へと向かっていくものだから、つい弟にいつもやるように「いってらしゃい」と手を振ってしまった。

（ふふっ）

なんだか、もう家族にでもなったみたいだ。エレトーンは自然と出た自分の仕草に笑っていた。

「今の言葉、もう一度言って‼」

「え？」

笑っていたエレトーンの前に、急いでいたはずのアレックスが驚いた顔をして戻ってきたのだ。

しかも、どこか嬉しそうに。

そのアレックスの表情と行動に、思わずエレトーンも驚いていた。

「もう一度」

アレックスに懇願されたエレトーンは、なにがそんなにも嬉しいのかがわからない。だが、キラキラとした瞳で願われ、首を傾げながらもう一度口にした。

「いってらっしゃい？」

「いってきます‼」

今度は、子犬みたいに嬉しそうに跳ねていったアレックス。

その姿がなんだかかわいくて、エレトーンは再び笑みを浮かべた。アレックスの背が小さくなるまで見ていれば、アレックスが何度もこちらを見ては手を振っているではないか。

「ふふっ」

エレトーンはさらに笑ってしまった。

いつも不機嫌そうなアラートとは、正反対で大違いである。

アレックスに恋情があるかといったらまだわからない。だが、愛されるのが心地いいものなのだと、エレトーンは今初めて知った。

それなら、アレックスに嫌われないように頑張ろう。

そう思うくらいに、アレックスに惹かれていたのであった。

――めでたしめでたし。

と、普通であったら、ここでエレトーンの婚約者がアレックスに代わりハッピーエンド……といくのが定石。

だが、そうすんなりといかないのが実にエレトーンらしい。

昨日の敵は今日の友ということがあるように、昨日の友が今日の敵、ということもある。

まぁ、マイラインが友であることは変わりがないが、大きな障害であることは確かだった。

しかしそこで、引き下がるアレックスとマイラインではなかった。


後日改めて、コーウェル公爵も交えた話し合いが、ハウルベッグ侯爵家でまことしやかに行われていた。

コーウェル公爵の個人的な意見は、エレトーンがアレックスと結婚してくれるのが一番というもの。

マイラインには悪いが、今から次期王妃になる令嬢の選定をし直すには時間がかかる……という理由からだ。

エレトーンがアラートの婚約者に決まったことで、候補だった令嬢はマイラインを除いて、そのほとんどが他家へ嫁ぐことが決まっているからである。

それを今さら、なしにすれば反感しかないだろう。

「私の幸せは？」

コーウェル公爵がアレックスの味方だとわかり、マイラインは不服そうである。

コーウェル公爵は父である前に公爵。娘の幸せも大事だが、国の混乱を抑える役目がある。

ジト目で見てくるマイラインから、思わず目を逸らした。

「各々の意見はともかく、エレトーン」

「はい」

「お前が自分の意志で、アレックス殿下と添い遂げたいと言うなら、周りを黙らせてやるが……どうする？」

周囲の反応を懸念しているエレトーンたち侯爵が言った言葉であった。

娘の気持ちを尊重する姿は、普通なら感涙ものだが〝黙らせてやる〟の言葉が引っかかって素直に喜べない。

同席していたアレックスはもちろん、エレトーンや弟ハービィも瞠目していた。

どうするとは？　そして、どうにかできるのか？　と。

「素敵、お義父様」

そう呟いたマイラインだけは、ハービィの隣で手を合わせ、キラキラと目を輝かせていたけれど……そんな娘の姿を見たコーウェル公爵の頬は若干引きつっていた。

「権力で押さえれば弊害が出るぞ」

懸念したコーウェル公爵が、侯爵に苦言を呈す。

有無を言わさず権力で押さえつけるのは簡単だが、押さえつけた分の反動はいつか来る。それをまた権力でとはいかない。

「そこでコーウェル公にご相談を」

ただ笑っているだけなのだが、エレトーンには侯爵が手を揉んでいるように見えた。

「なんだ」

コーウェル公爵は目を眇めつつ、寄ってきた侯爵に耳を傾けた。

しばらく話を聞いていたコーウェル公爵は、時折り目を見張っていたが、最後には愉快そうに笑った。「陛下が重宝するわけだ!」と。


侯爵がコーウェル公爵になにを話したのか、コーウェル公爵たちが帰ってから聞けば——コーウェル公爵とハウルベッグ侯爵の領地で、もともと建設予定だった建物がある。

その建物の一部、学校をアレックス、病院をエレトーンの名義で建設。

仕事を斡旋する場所をハービィ、様々な理由で親を失くした子を保護する施設をマイラインの名義で建てることにし、民の支持をさらに上げるつもりらしい。

しかも……である。

それが、コーウェル公爵家やハウルベッグ侯爵の領地だけでなく各地にともなれば、元より手出しできなかった下位層の貴族は、もはや口出しさえできないだろう。

異議を唱えれば王家だけでなく、コーウェル公爵とハウルベッグ侯爵を敵に回す。しかも、自領の民からも反感を買うこと間違いなし。

政治の駆け引きとは関係ない民は、自領が潤えば誰が当主でもいいのだ。お祝いでもなんでも、欲しかった施設を建設してくれれば。

それを反故にすれば、不満の声があがるのは火を見るよりも明らかである。

それなら、自領の資金で建設してしまえばいい。だが、自領で建てられるなら、とっくに建てている。その話が民に浸透した時点ですでに否は選択肢にないのである。

だが、高位貴族はどうするのか。下位ほど甘くはない。

どうするのか侯爵に聞けば、思わせぶりに口端を上げただけだった。

――しばらくして、エレトーンの耳にした情報によれば……。

ハウルベッグ侯爵家がこれより三代は、王族への嫁入り、婿入りはしない……と宣言したらしい。そのおかげで、他家の次世代に希望が生まれ、反感が収まったそうだ。ここで、降嫁を公言しないあたり、侯爵はずる賢い。

だが、四大侯爵のうち、ガルシア家だけは納得していなかった。

アラートの婚約者候補として、選考の最後まで残っていた娘がいたからだ。側室でもいいから我が娘を、それがダメなら我が子をハービィの妻にと。

そこで、登場したのがカリンの実家で、ハウルベッグ家に統合される予定だった元男爵領だ。

そこを、このガルシア家に譲ったというわけである。大きくはないし鉱山や特産はないが、特段悪い土地でもない。だが、子沢山のガルシア家には嬉しかったようで、溜飲が下がっただけでなく、ハウルベッグ家に感謝していると直々にお礼があったそうな。

さて、最後に残るのが法の番人とも言えるワーゴイス伯爵である。

その法の番人は、元よりハウルベッグ侯爵家のやり方に引っかかる様子が見えていた。ならば、ここでワーゴイス伯爵の憂いを取り除き、味方につけておいた方が後々好都合だと侯爵は算段する。

ワーゴイス伯爵が年々、自由を履き違えてやらかす子息令嬢たちに、相当ご立腹だと知っていた侯爵は、アレックスを通じて国王に進言した。

それが、ワーゴイス伯爵の〝王立学園教育指南役任命〟。

やらかしの代表としてアラートやカリンを輩出してしまった手前、否と言えない国王は、名誉挽回のために承諾した。そして、ワーゴイス伯爵に勅命が下ると、興奮しすぎて卒倒したそうだ。よほどの念願であり、勅命は名誉だったのかもしれない。

これで、あの学園は王立学園の名に相応しい場所に変わるだろう。

かくして、アレックスとエレトーンの結婚に、待ったをかける者はなくなったのであった。

終章　愛しい笑顔

――なにもしてくれなかったアラートとは真逆なくらい、アレックスに大事にされ、気付いたら一年が経っていた。

同じ一年でもアラートとの時間はあんなにも苦痛だったのに、アレックスとはあっという間だと感じるのだから、それほどまでに充実して楽しかったのだろう。

牽制し合うのではなく、互いを理解し高め合い、時には同じものを見て笑ったり……この一年間を思い出せば、楽しいことばかりだ。

アラートといた苦痛ばかりの時間を、アレックスがものすごい速さで埋めてくれるようだった。気付けば、自然と恋人のような距離感が生まれていたのであった。

そんな、仲睦まじい姿を見せるようになったアレックスとエレトーンの結婚式、当日。

エレトーンは控室で、スザンヌがデザインからすべて監修したウエディングドレスを纏っていた。

そう、あのスザンヌが……である。

自分が監修すると公言した以上、変なものを作れば笑われるのは、着るエレトーンだけでなく、スザンヌも一緒。

それでもエレトーンに不安はあったが、仕上がったウエディングドレスを見て感嘆を漏らさずにはいられなかった。

胸元からふんわり広がるスカートが特徴的なプリンセスラインかと思いきや、なだらかに広がる王道のAラインだった。

シュッとしたシルエットが美しく、顔立ちがハッキリしているエレトーンの美しさをさらに引き立てている。

「憎らしいくらいに似合うわね」

言葉とは裏腹に、扉の前ではドレスアップしたスザンヌが、ニコリと笑った。

「見立てる方がよかったのかと」

お礼交じりにエレトーンがそう言えば、スザンヌは今度は「当然ね」と鼻で笑う。

国王ももちろん参列するが、これより表舞台に立つことは減るそうだ。

スザンヌは元より表舞台に立っていないので、あまり変わりはない。

エレトーンがもう一度お礼をと、口を開きかければ――

「ミリーナのあの顔、最高だったわ」

そう言って、スザンヌは満足そうに去っていった。

どうやら、ミリーナが国王から離縁された場面をどこかで見ていたようだ。自分ではできなかった断罪を、今エレトーンを通してできたのが嬉しかったらしい。そのお礼も兼ねたウエディングドレスなのだろう。

なんだかなと、エレトーンがため息をついていると、誰かがやってきた。

それは、ベージュ系のタキシードを着たアレックスだった。

いつも、なんとなくしか髪を整えないアレックスがピシッとしていて、なんだかこそばゆい。

そう思って見ていれば、純白のウエディングドレスを纏ったエレトーンを前にして、アレックスが口を押さえて固まっている。

「誓いの場で会うのが通例じゃないの？」

驚きもあったが、タキシードを着てさらに大人っぽく見えたアレックスに、エレトーンの胸はドキドキしていた。

侯爵である父のエスコートにより、大聖堂の誓いの場でアレックスに引き合わされて行う結婚式。その後、馬車で沿道をゆっくりと走り王宮へ。国民に解放された王宮の正面二階の、大きなバルコニーから手を振り、ダンスパーティー……の流れとなるわけだが、なぜアレックスがここにいるのだろうか。

「大聖堂で醜態を晒す前に、一度会っておかないと」

「醜態？」

そう言って下を向いているアレックスに、エレトーンは小首を傾げた。アラートならともかく、アレックスが醜態を晒すイメージが湧かなかったのだ。

「こんなに心臓が速く動くって、初めて知ったよ」

緊張でもしているのかと思い、エレトーンがアレックスに近付けば、アレックスの耳は驚くほどに真っ赤だった。

「大丈夫？」

まだ、余裕があるエレトーンがそう言ってアレックスの肩を触れれば、アレックスは顔を手で覆ってしゃがみ込んでしまった。

「エレトーンが綺麗すぎて……死にそう」

「し、死なないでよ」

そんな直接的な言葉に、言われたエレトーンも恥ずかしくなってしまった。

アレックスの言葉がストレートすぎて、心臓に悪い。絶対に顔が真っ赤な自信がある。

とにかく、アレックスを立たせなくては……。

そう思って近付いたエレトーンは、アレックスの思わぬ表情に、心をわし掴みにされてしまった。

「誓いのキスの……練習をしてもいい？」

顔を上げたアレックス王子の瞳は、子犬みたいにうるうるしていたのだ。

「……っ！」

（練習って、ここでキスをするってこと⁉）

どうやら、ぶっつけ本番では感極まりそうで、今から緊張するそうだ。

そんな理由を聞かされたエレトーンも撃沈である。もう、どうしていいかわからない。

どうぞと言うのが正解か。ここは大人ぶって我慢してと言うべきか。

返事のないエレトーンを、アレックスがおとなしく待っていると、嫌だぁと愉快そうな声が聞こえた。

「変なところで初心だよね？」

「練習でも本番でも、好きなだけすればいいのに……」

「え？　本番はマズいんじゃない？」

「やだ、そっちの本番じゃないわよ」

その声にエレトーンの頭が一気に冷え、声のする方へと歩み寄れば、薄ら開いた扉の向こうに弟ハービィとマイラインがいた。

どのあたりから見ていたのか、問い質したい。

「ここでなにを？」

「「えっと？」」

エレトーンのジト目に思わずふたりは顔を見合わせると、「おめでとう」と取ってつけたようなお祝いの言葉を残し、脱兎のごとく逃げたのだった。

しかも、仲よく手を繋いで……。

「仲がいいよね」

背後ではアレックスが苦笑いしていた。

マイラインのゴリ押しから始まったものの、ハービィはちゃんとマイラインを大事にしていた。それはなによりだが、くっつけてはいけない組み合わせのような気がしてならない。いわゆる混ぜるな危険である。

エレトーンがため息を隠し、振り返れば——間近にいたアレックスとバチリと目が合った。

「で？」

思わず後退りすれば、閉められた扉がエレトーンの逃げ道を塞いでいた。

アレックスの『で？』とは、先ほどの誓いのキスの返事のことだろう。

あのふたりのせいで、頭が冷静になったのはエレトーンだけではなかったらしい。そうなると、なぜか対抗意識が生まれるから不思議だ。

「どうせだもの、キスは本番までおあずけにしましょう？」

エレトーンは近付いてくるアレックスの唇に、人差し指をあてた。

ここまできたら、誓いの場の方が思い出になりそうだ。エレトーンはそう思ったのだが……。

途端に、アレックスの顔がおあずけを食らった子犬みたいな表情に変わり、エレトーンの胸がキュンとした。

（反則でしょう……あぁもう‼）

その表情にエレトーンの方が我慢できなかった。

「え？」

だから思わず、エレトーンからキスをしてしまった。

触れるか触れないか、そんな微かなキス。

だが、その柔らかい感触はアレックスにも伝わったようだった。

唇が離れた瞬間のアレックスの表情は、多分一生忘れない。

夕陽を浴びたみたいに、真っ赤だったのだ。

「エ、エレトーン」

アレックス、陥落の瞬間である。

「また、後でね」

ちょうどいい具合に迎えに来てくれた両親が、惚けているアレックスを見て、訝しんでいたけれど、エレトーンが楽しそうにしていたので見なかったことにしたようだ。

エレトーンはもうすぐ、エレトーン＝ハウルベッグから、エレトーン＝ロースビートに変わる。

だが、きっと、家族との付き合いは変わらないだろう。

口下手だが娘を思う父。

次期王妃になる娘を、優しく見守ってくれる母。

親友と支えてくれる弟。

そんな家族を、エレトーンも陰ながら守ろうと心に誓った。

エレトーンと並んで歩く父と母が立ち止まったのでチラリと見れば、アレックスがこちらに歩いてきていた。

そう、彼もまた今日から家族だ。

彼とは、今隣いる両親と同じように、これから続く道を共に並んで歩けたらなと思う。

そう思って見ていたら、父と母が揃ってこう聞いた。

「エレトーン、幸せか？」

「エレトーン、幸せ？」

答えは決まっている。

だから、エレトーンはそばに来たアレックスの腕を掴み、花が咲いたような笑顔でこう言った。

「はい」と。

おわり

書き下ろし番外編集

番外編　苦悩する国王と、マイペースなお花畑コンビ

卒業パーティーから強制的に連れ帰られたアラートは、件の令嬢カリンとは別々の部屋に軟禁されていた。

そして、国王はついてきたエレトーンの父ハウルベッグ侯爵や、マイラインの父コーウェル公爵と話し合った後——

息をつく間もなく、そのふたりを国王の応接間に呼びつけるのであった。

「で？　その娘はお前のなんなのだ」

確認のために一応聞いたが、国王はカリンがどこのだれかなんて当然知っている。

だが、さも当たり前のよう腕を組んで現れたアラートに、国王は眉間の皺が深海よりも深くなっていた。

「カリンです。私はエレトーンではなく、彼女を王妃に迎えようと考えております」

アレックスがなんと言おうと、ここで国王に認められれば問題ない。

アラートはそう考え、カリンを抱き寄せ堂々と言ってのけたのである。その浅はかすぎるアラートの物言いに、国王は額に深く刻んだ皺をほぐすように指で揉む。

「エレトーンはどうした」

どうしたもなにも、すべて見て知っている。だが、国王が慌てて貴賓室から会場に駆けつけている間に弁解の余地があったかもしれないと、わずかな奇跡を信じた。

「婚約を破棄しました」

貴賓室から見たそのままで、国王の信じた奇跡はそこにはなかった。

「なぜ」

「王太子であるこの私を散々バカにし、無礼を働き続けていただけでなく、このカリンを虐める所業を――」

「お前をバカにしていたかしていないかはともかくとして、その娘をエレトーンが虐めていたこととお前が、どう関係ある？」

虐めはよくないが、王太子であるアラートが一介の男爵令嬢をそこまで庇うのはおかしい。

国王はエレトーンやアレックスに大まかに聞かされていたから、ことの次第を理解していた。

しかし、なにも聞いていなかったら、自分の息子が婚約者を差し置いてこの男爵令嬢の味方につく意味がまったくわからなかっただろう。

ましてや、当然のようにそばに置く理由すら疑問に思ったに違いない。

「嫉妬です！」

「……は？」

「私がカリンを愛してしまったがために、エレトーンは嫉妬してカリンを虐めたのです！」

「……」

アラートが今さらそんなことを言ったところで、苦し紛れの言葉にしか国王には聞こえない。エレトーンがアラートを好いていた事実は残念ながらないからだ。

それぐらいのことは、人の感情に愚鈍な国王でさえわかっている。そのエレトーンがアラートに嫉妬心を抱くとは思えない。

譲りに譲って嫉妬したとする。だが、国王の知るエレトーンはそんな姑息な所業をする女性には見えなかったし、する必要はないのだ。

『私の婚約者に近づくな』とただひと言、男爵家に圧力をかければいいだけ。それすらしなかったのは、アラートを見限っていたかどうでもよかったかのどちらかだろう。

そんなことよりも、誰が一番の原因か言及するべきである。

「そもそも、ことの発端はお前がエレトーンを蔑ろにしたことではないのか？」

婚約者がいるのに、他の女に現を抜かす方が悪いに決まっている。

国王はそう言ったのだが、アラートとカリンにはなにひとつ響いていなかった。

「蔑ろにだなんてしておりません！　むしろエレトーンがカリンを蔑ろに！」

「そうなんです！　エレトーン様は私をいつも無視したり虐めたり」

話がまったく噛み合わない。

国王はこのふたりを前に、エレトーンの気持ちが今やっとわかった気がした。

「婚約者がいるのに違う女性を優先することが、蔑ろでないならなんなのだ」

「愛しているからですよ！」

「……は？」

「愛する人を優先するのは当たり前ではないですか」

なにがどうしたら、その返答になるのか国王にはわからない。

もはや、血を分けた息子が人型の別の生き物のように感じた。

「父上が母上を優先して結婚したように、私も愛のために正直に生きたいと思いました」

「……」

そうか私と同じ……と素直に頷けなかった国王。

自分はスザンヌを決して蔑ろにした覚えはない。だが、それは国王の独りよがりだ。他の者から見たら、誰がなんと言おうと不貞行為。

アラートを見ていると、鏡に映った自分を見ている気分になった。〝人の振り見て我が振り直せ〟という言葉があるが、まさか自分が体感することになろうとは。国王は愕然としていた。

反対を押し切ってミリーナと一緒になったのが、そもそも間違いだったのだ。今更、アラートを説得しようが、常識を教えようがどうにもならないだろう。国王という例がある。それを出されたら自分はよくてお前はダメだと言える気概がない。

もうアラートの未来はミリーナの生家に頼るか、カリンの生家に婿に行くしか道はなくなってしまった。

エレトーンが説得するのを諦めた理由が、国王は身に染みてわかったのである。

「お前には色々と言いたいことがあるが……いいだろう。その娘と結婚すればいい」

「あ、ありがとうございます‼」

もう完全に見限られたのだが、浮かれていたアラートとカリンはそれにすら気付くことはなかった。

こんなにすんなり許可が下りると想定していなかった両者は、思わず抱き合った。

こうなるとわかっていたのなら卒業パーティーまで待たずに国王に言えばよかったと。

だが、続く国王の言葉に、浮かれに浮かれまくっていたふたりは愕然とする。

「予備（スペア）がいてよかったわ。アレックスをここへ！」

卒業パーティーの会場から出た時に漏らした言葉を、再び口にした国王。

「え？　父上？」

なぜ、弟アレックスを呼ぶのか。〝予備〟とはなんだろうか？

アラートは国王の言動が理解できず、眉根を寄せていた。

「お呼びですか」

事の顛末が気になり、扉の前で壁になっていたつもりだったが、国王にバレていたようだ。

そのことにもアレックスは内心苦笑いしつつ、平常心を保ちながらやってきた。

だが、そんな表情を微塵も表に出さないアレックスを、アラートは無表情で気味が悪いと思っていた。そんな弟が、段々と近くに来るにつれ、ふと気付く。

弟は病弱だと思っていたが、病弱にしてはやけに血色がいいし体格もいい。久々にまともに見た弟の姿は、自分の想像とうって変わっていた。

「アラートは愛に生きると決めたそうだ」

「そのようですね」

アレックスもあの場にいたのだ。言われなくとも知っている。だが、白々しく薄笑いを浮かべた。

折角、ミリーナの御膳立てで国王に収まったのに、自分から進んで手放すとか……。アレックスは兄の将来を悲観して憐れんでいた。

「あぁ。故にお前を改めて立太子することになる。お前は――」

「ちょ、ちょっと待ってください‼　アレックスを立太子⁉　なぜ‼」

国王の衝撃すぎる発言に、アラートは待ったをかけた。

次期国王は自分のはず。なのに、なぜ、アレックスになるのかわからなかった。

「それがわからんからだ」

「は？」

先ほどまで浮かれていたアラートには国王の言っている意味がまったくわからなかった。

「残念だよ。アラート」

「え？　は？　なぜ⁉」

もう国王の中でアラートの廃嫡は決定事項のようで、アラートは混乱しながらも焦っていた。

どうして、父と同じように愛する人と結婚しようとしただけで、廃嫡になるのか。

「腐ったリンゴをそのままにしておけば、近くのリンゴもいずれは腐る」

「は？」

腐ったリンゴがなにを表しているのか、アラートは聞き間違いであってほしいと思っていた。

まさか、自分のことだけでなく、母ミリーナをもたとえているなんて想像すらしなかったのである。

「なぁ、アラート」

「……」

「なぜ、あの卒業パーティーの場でエレトーンを貶めるような真似をした？」

「え⁉」

賓客室から見られていたと知らなかったアラートは、一瞬国王がなにを言っているのかわからなかった。

だが、その言葉ですべてを見ていたのだと知り、思わず唇を噛んだ。

「エレトーンと結婚したくないのなら、私に相談することもできただろう」

「相談したら、カリンと結婚させてくれたんですか⁉」

「あぁ、平民とだって結婚させてやったわ」

〝予備がいるからな〟

その言葉の真意が聞こえた気がしたアレックスは、なんとも言えない表情をする。

身分を捨てる覚悟があるなら、〝結婚なら〟誰とでもさせてやる。

暗にそう言っているのだ。その言葉の裏を知らない兄はおめでたいなとアレックスは思った。

「そんな……だって、それなら始めから言っていれば……」

アラートは愕然としてしまった。

もっと早く国王に進言していれば、なんの障害もなくカリンと結婚できたのかと。

「え？　普通に言っていれば、アラートと結婚できたの⁉」

まさか、そんなすんなりとアラートと結婚できると思っていなかったカリンも、アラート同様に愕然としていた。

アラートがバカな思い込みで発言するたびに、国王の表情が抜け落ちているのにふたりは気付いていない。

「だから、さっきから結婚は させてやると言っているだろう？」

「「え？」」

「あんなことをしでかしたんだ。祝ってやることはできんが結婚は王命でさせてやろう」

「ほ、本当ですか⁉」

「あぁ、二言はない」

国王がそう言えば、どこか都合よく考えているふたりは、再び手を取り合う。

それを憐憫の表情で見ていたアレックス。

国王の言葉をそのまま受け取るとか、どこまでもお花畑すぎる。

アレックスはお花畑コンビを無視して、話を進めた。

「父上。それで私の妃ですが、私を信頼して一任させていただけませんか？」

自分と近い年齢の令嬢のことは大体把握している。

だが、一生を共にするなら、せめて自分で選びたいと願ったのだ。

「いいだろう。この際、身分は問わぬ。だが王妃に相応しい者を選べ」

「御意に」

アレックスは深々と頭を下げた。

これで、自分で選ぶ許可が下りた。あとは、エレトーンの許可を得れば……と内心ほくそ笑んでいた。

……が、そのアレックスの耳に、まだ理解していないアラートの声が聞こえた。

「王妃？　父上、妃の間違いでは？」

王妃とは王の妃だ。

弟アレックスは王にはならないのだから、妻は妃のはず。いったいなにを言っているのだと言及するアラートの声が。

「間違いではない。王の妃を探せと命じているのだ」

「カリンがいるのに？」

この期に及んでまだ理解しようとしないアラートに、国王は愕然とする。

それと同時に、次期国王はアレックス以外の選択肢はないと確信した。

「その娘は〝お前〟の妻だろうが。アレックスの妃ではない」

「は？」

「いいか、王妃は王の妃のことを指す」

「えぇ、ですから……」

「次期国王である〝アレックス〟の妃だ」

「は？」

「王太子の教育を真面目に受けないばかりか、なんの罪もない女性を貶めて断罪まがいのことまでして、お咎めなしの方がおかしかろう。いいか、一度しか言わぬ。お前は廃嫡だ」

「は？」

嫌なことはどこまでも耳に入れないアラートに、国王の言葉など右から左だ。

「今なんと？」

気のせいだと、アラートはもう一度問う。

国王は疲れた様子で海より深いため息をつき、一度しか言わぬと言った己の前言を即座に撤回した。

「お前は廃嫡だ」

「…………は？」

「私からの最後の恩赦で国外追放にしてやる。静かに余生を――」

「どうしてですか⁉　私は次期国王でしょう⁉　そうなるのだと、ずっと言っていたではないですか⁉」

カリンと結婚し、国王になるつもりでいたアラートは叫んでいた。

意味がわからない。カリンとの結婚を許してくれたのではないのか。

「お前に問題がなければの話だろうが」

「はぁ⁉　なにが問題なんですか⁉」

「問題しかないわ‼」

国王は聞き分けのないアラートにとうとう激昂した。

どこまでも母ミリーナに似ていて、頭が痛い。

「婚約者を蔑ろにし、あまつさえ貶める真似をした」

「そ、それは……」

「そのお前の浅はかな考えに賛同し手を貸した令息たちは、路頭に迷う恐れさえあるのだぞ⁉」

「え？」

「王太子妃になる予定だった令嬢を貶めて、無事に済むわけがなかろう」

「それはエレトーンが――」

「お前のせいだ‼」

どうしてそこでエレトーンが出てくるのか、国王にはアラートの思考が理解できない。

「婚約者を蔑ろにしてどんな利があると思うんだ‼」

「ち、父上だって母上と――」

「わしはスザンヌを蔑ろにしたことは一度もないわ‼」

国王はもはや取り繕う余裕はなく、怒号を発していた。

アラート同様、浮気をしたのは褒められることではないが、ミリーナだけにかまけスザンヌを蔑ろにしたことはなかった。

ファーストダンスはスザンヌと決めていたし、記念日に贈り物は欠かしたことはなかった。

スザンヌの生家にも配慮していたし、一応は立てていた。

だからこそ、うまくいってきたのだ。

なのに、アラートはただ愛する者と好きなようにし、婚約者に配慮はなかった。それどころか、邪険に扱い小バカにしていた素振りさえあるではないか。

自分を棚に上げるつもりはないが、婚約者がどういう人物か考えて行動しろと言いたい。

「私はただ……愛する者と結婚したかっただけで」

「だから、結婚はさせてやると言っている」

「でも……でも、廃嫡なんですよね？」

「お前を国王にしなくてはいけない理由がない」

「ですが、私は長子――」

「たまたま、先に生まれただけだろうが‼」

「……っ！」

アラートは国王に怒号を浴びせられていたが、よくも悪くもメンタルは強靭だった。

「ば、挽回する機会をください‼」

「なぜ？」

「え？」

「なぜ、そこまでしてお前を王にしなければならない？」

「……なっ‼」

国王の資質を持った弟がいるのに、名誉を挽回させてまでアラートを王にする意味も、必要性も見出せないのだ。

百歩って高位貴族を説得しようとしたところで、一蹴されるのが目に見えている。

これ以上、貴族たちを失望させるわけにはいかないのだ。

「そうだ！　エレトーン！　エレトーンとはまだ正式に婚約破棄していないのですから、彼女を――」

「あんな宣言をして、元に戻れるわけがなかろう。大体、すでにエレトーンとの婚約は白紙になっておる」

「なっ！　なにを勝手に――」

「勝手だと⁉　初めに勝手なことをしたのはお前だろうが‼」

「それは、父上が――」

「今度はわしのせいだというのか⁉」

国王の額の血管は、ブチリと切れそうなくらいに浮き上がっていた。

アラートに言わせれば、父である国王同様に、好きな人と結婚したかっただけ。

だが、エレトーンになにか非がない限り認めてくれなさそうだ。そう考えたアラートは浅薄な計画のもと、エレトーンを貶めカリンとのことを正当だと伝えたかったのだ。

しかし、まったく理解してくれない国王に憤りを感じたアラートは、矛先をエレトーンから国王に変えていた。

カリンもアラートと似たような思考の持ち主。

もはや、話は永遠に平行線だ。

そんな不毛な議論がずっと続き、アレックスは白けに白けていた。

まさにこの親あってこの子ありである。

父王の言葉を借りるなら腐ったリンゴは一個あるだけで、腐敗は進む。腐りかけも含めすべて捨てるべきだ。

そして、その腐ったリンゴの大元も、しっかり処分するべきである。

アレックスはそう強く心に決めた。

◇＊◇

「お前は廃嫡だ」

国王の言った言葉にカリンは茫然自失になっていた。

廃嫡？

（廃嫡って、身分を剝奪されるってこと？　え、アラートが？）

「なんで？」

（エレトーンという障害がなくなったのになぜ？　アラートがなぜ廃嫡されなければならない

の？）

カリンは国王がアラートに説明しているのを、まったく理解していなかった。

自分たちは正当だと思い込んでいたカリンは、相思相愛の自分たちを祝福するのが親じゃないのか……そう本気で思っていた。

「なぜ、愛し合っているのに祝福してくれないんですか!?」

だから、そこにいるのが国王だとしても、カリンは理由を聞きたかった。

カリンのしていることは、不敬罪どころの騒ぎではないが国王は憤りより、もはや憐れんでいた。

「不貞行為をしたあげく、略奪婚をしようとしているお前たちを誰が祝福するんだ？」

「略奪？　誰がですか？」

「お前とこやつだ」

そう言ってアラートに視線を送った国王。

だが、カリンはエレトーンから奪い取った認識は一切なく、愛は正義と信じて疑わなかった。

「いいか。お前たちが愛し合っていようがいまいが、婚約者がいる者から奪えばそれを世間では略奪というんだ」

「え？　そうなるとミリーナ王妃も略奪婚じゃないですか？」

「……」

カリンがキョトンとして言った言葉に、国王はやっと頭の隅に追いやっていた事実を受け入れた。すべては、己が悪いのだと。

国王はスザンヌという婚約者がいたのに、アラートの母ミリーナと愛を育んだ。ふたりはそれと同じことをした。ただ、それだけのこと。

同じことをしただけなのに、なぜ、アラートは廃嫡で、国王はいいのかカリンには理解できなかったのだ。

「そうか……わしが腐ったリンゴだったのか」

「やだなぁ！　国王様はまだまだ若いですよっ！」

崩れ落ちるように項垂れてしまった国王に、カリンは元気を出してと笑った。

腐ったリンゴの意味を、年老いたとでも勘違いしていたのだろう。

「もう、アラート様を廃嫡だなんて、悪い冗談ですよ？」

廃嫡といったのが国王の言葉でも、カリンは真に受けてなかった。

冗談のセンスも耄碌しただけだと、自分都合に解釈していた。

だから、アレックス王子とのことも浮気だと思っていなかったし、最後は必ず愛が勝つと信じていたのである。

自分がきっかけで男爵家がなくなることも、アラートが隣国の婿に行く羽目になることも、ましてやカリンが平民となることも……この時はまだ想像していなかったのだった。

番外編二　愛しのきみ

王太子の座から降ろされたアラート。

そのアラートが学園でやっていたことは、通っている子供たちから親へ伝わり、国民に噂として広まっていき、王太子を降りたことに大して、不満の声はほとんどあがらなかった。

それよりも、病弱と思われた第二王子アレックスが立太子されたこと、その隣にエレトーンが立つことに驚愕していた。

王家の裏事情など知らない者は、病弱のアレックスで大丈夫か心配したが、公の場に登場したアレックスの堂々たる姿に誰もが押し黙ったのであった。

――そして。

新たに王太子となったアレックスと、妃になったエレトーンの結婚式は、王城から少し離れた場所にある大聖堂で行われた。

丸みを帯びた天井に、この国の建国者ゾードとその妻カーシェの画が描かれている。そのふたりの絵画が、その日ばかりはなぜか微笑んで見えた。

壁一面の窓には美しいステンドグラスが、太陽の光を反射し煌びやかに光っていた。床には重厚感たっぷりの大理石が敷き詰められ、神々しさを肌に感じる。

そこで、ふたりは厳かに……そして華やかに結婚式を挙げたのだった。

当初はアラート同様に、このふたりも政略結婚だろうと思われていた。

だが、そんなことはこの場を見た者により、すぐに払拭されることとなる。

少し緊張したアレックスとエレトーンは誓いの言葉を口にして、最後に口付けとなった瞬間――

どちらともなく、ポッと頬を赤く染めた。

ふたりきりでならまだしも、大勢を前にするとなんだか無性に恥ずかしかったのだ。

その素直で初々しい姿が、皆の心を一気に温めたようだった。途端に「あらっ！」「まぁ！かわいらしい」と、思わずといった感じで、観覧席から声があがっていた。

だが、最前列で「「なにをいまさら」」と仲よくハモらせたのは、弟ハービィとマイラインである。キスくらいでなにが恥ずかしいのか、ふたりはわからなかったのだ。

「これからもっと恥ずかしいことをするのに」

「初夜だものねぇ？」

今日は新婚初夜だ。あれやこれやとキスだけで終わるわけがない。

変なところで初心なアレックスだって、さすがに今夜だけはキスで終わらせるつもりはないだろう。

「「……っ！」」

その言葉にエレトーンとアレックスは再び顔を見合わせて頬を赤く染め、皆の心をますます温めたのであった。

そして、結婚式が終われば、新婚旅行となるのは民だけではなく貴族も王族も同じ。

当然、エレトーン夫妻も行くだろうと誰もが思っていた。だが、アレックスとエレトーンは今は行かないと決めた。

その決断に、直接聞いた国王夫妻はもちろん、貴族や民たちも驚きを隠さなかった。

しかし、その決断理由を聞けば、民たちは同情とともに、英断だと賞賛したのだった。

ではなぜ、新婚旅行を中止にしたのか。

それは、元第一王妃ミリーナとその息子アラートのせいである。ミリーナは言わずもがなだが、アラートの散財も擁護できないほどひどいものだった。

アラートが王太子の座から降ろされたことで、その実態が明らかになると、当然のことその母ミリーナにも注目が集まった。

たとえそれが、国王の資産から出されたお金だったとしても、それが本当に資産なのか公的資金なのか民にはわかりようがない。

『民の血税をそんなことに‼』

そう反発があるのは時間の問題だった。

アレックスとエレトーンの結婚式が終わり、お祝いムードが収まれば、必ず蒸し返される案件。先延ばしにして放っておけば、こびりついた錆のようにいつまでも残るだろう。

そこで、アレックスとエレトーンが相談して決めたのが〝新婚旅行中止〟であった。

エレトーンは侯爵令嬢であった以上、公費でなくとも資金は出せる。しかし、そこでミリーナ母子の話に戻るのである。

その金が公費ではないとどう証明するのだと。

百歩譲ってそれは公費ではなく、侯爵家のものだと証明できたとしよう。さて今度は金額に目がいく。次期国王と王妃の新婚旅行ともなれば、護衛はもちろん多くつく。王太子夫妻が安宿に泊まるわけにいかず、宿泊費は大層な金額になるだろう。

——国民がその金額を知った時『仕方がない』と納得するか否か。

どんな正当な理由があったとしても、ミリーナとアラートの後だけに『ふざけるな！』となるのは目に見えている。

なら、無理して行かないのが正解だ。

あの親子のせいで、王家に不満が芽生えてしまった。なのに、ここで行ったら次期国王アレックス夫妻の支持や好感度までも下がってしまう。そういった理由で、その両者の尻を拭う形にしたのである。

それには、仕方がないことだとエレトーンは割り切っていた。

だが、ここで『新婚旅行よ⁉』と大いに不満を漏らした人物がひとりいた。エレトーンの友人で、義理の妹になるマイラインだ。

彼女も国王の姪である以上、王家に連なる者。

『王太子が行かないのに従姉弟のお前は行くのか』と言われることは簡単に想像がつく。両家も、当然のごとく控えなければならなかった。

アレックスとエレトーンの結婚で、ハービィとの結婚を先延ばしにしたというのに、新婚旅行まで行けないとなれば不満しかないと、漏らしていた。

（ほとぼりが冷めるまでの辛抱でしょう）

エレトーンはそう思っている。

なぜなら、アレックスとエレトーンの早い決断に同情が多く寄せられているからだ。

『新婚旅行くらい行かせてあげるべきだわ‼』

『これではエレトーン様がおかわいそうだ。エレトーン様には幸せになる権利があるだろう⁉』

『『新婚旅行に行ってください‼』』

領主である貴族を通して、嘆願書まで集まり始めていたのであった。

そう、ここで効いてきたのが、支持率を上げるために公約公言し建設し始めた様々な施設。

学校や病院はもちろん、仕事を斡旋する場所や親を失くした子を保護する施設、それらをエレトーンたちの名義で早々と着工していた。

すでにできた施設もあるとなれば、さすがに口約束ではないとわかる。エレトーンたちをますます支持する声はあがり、その声が王宮にまで届くようになったのであった。

「本音を言うと、私も行きたかったけどね？」

書類に目を通しながらそう言ったのは、アレックスだった。

アラートとエレトーンの距離はずっと遠く、最初から最後まで縮むことはなかった。だから、アレックスとの距離感はゆうにそれより近い。

しかし、アレックスが埋めたいのは距離ではなく、エレトーンと過ごす時間。

アレックスは兄と婚約したエレトーンを見たくなかったし、アラートに遠慮したのもあって他国の学園に通っていた。

しかも、その学園で飛び級制度を利用し、高等部を卒業していたのだ。そのアレックスが、今さら学園に通う必要はない。それでも、新たに自国の学園に入ったのは、人脈づくりと交流の場として利用するため。

だが、中途で入ってきたために、イベントらしいイベントに参加したことはなかった。それ故に、エレトーンと過ごした楽しい学園生活や思い出が一切ない。

エレトーン的には、王太子妃教育や生徒会の仕事、それに加えてアラートのこともあり、楽しさより忙しさしか印象にないのだが……アレックスはどうも気になるみたいだった。

「なら、暇を見つけて侯爵家の別邸に……」

行きませんか？　と言うつもりだったが、アレックスの輝くような笑顔に、思わず言葉を途中で呑み込んでしまった。

（かわいい……）

そう正直に口にすれば、拗ねるのはわかっている。そして、最後はいじけるだろう。しかし、その拗ねる顔もかわいいとエレトーンは密かに思っていた。

ようするに、エレトーンはアレックスのすべてが愛おしいのである。

「いつにする？」

アレックスの中では、もうすでに行く予定をものすごい速さで立てていた。

アレックスもまた、エレトーンとの時間が作れれば、そこがどこだったとしても幸せなのである。

「この書類を一緒に片付けたら、ゆっくり考えましょう？」

エレトーンが新しい書類をかがんで差し出せば、アレックスは受け取る手をエレトーンの腕へと伸ばし「そうだね」と引き寄せキスをした。

「愛してる」

「私もよ」

そう言ってふたりは再び唇を重ねるのだった。

結婚式で恥じらいすら見せたふたりは、もうここにはいない。

あの時、大聖堂で誓った言葉を表すように苦楽をともにするだけでなく、忙しさすらもすべて共有していた。

歴史においても、これほどまでに仲睦まじい国王夫妻はいないだろう。そう言われるほど、いつまでもいつまでも、エレトーンとアレックスは仲よく一緒にいる姿が見られたのであった。

あとがき

皆さん、はじめまして。神山りおです。

本書を手に取ってくださり、誠にありがとうございます。

本作はもともと、短編でした。それがなんとありがたいことに、長編となり本書になりました。

このお話をはじめにいただいた時、なぜ?と固まったのはここだけの話。

はたして、十倍に加筆なんてできるのだろうか?と自問したのを覚えております。

ですが、この話が来たのもなにかの縁。できるできないではなく、挑戦することに意義がある!とお受けしたのが、担当してくださったTさまとの出会いです。

そして、そのTさまとお電話にてお話しさせていただいた印象が、「かわいらしい人だなぁ」でした。

声とか雰囲気とか、私の心がキュンキュンと‼(楽しかったという意味で)

そして、家の電波が悪く、何度も電話が切れて申し訳なかったなと……思っております。

(家はなぜかスマホが圏外に……メールも時間差で届くこともしばしば)

そんな神山を見捨てずサポートしてくれたTさま、本当にありがとうございました。

一緒に仕事ができたことを、大変嬉しく思っております。

祀花よう子先生、可憐でかわいらしいエレトーンやカッコいいアレックスなど、素敵なイラストを描いてくださり、ありがとうございました。本書がものすごく華やかになりました。

やたら間違いが多い本書を校正してくださった皆さま、ありがとうございました。

本書に携わってくださったすべての方に、感謝を！

そして、本書を手に取ってくださった皆さまに改めてお礼を、ありがとうございました。

神山りお

婚約者様、ごきげんよう。
浮気相手との結婚を心より祝福します
～婚約破棄するか、決めるのは貴方ではなく私です～

2024年5月5日　初版第1刷発行

著　者　神山りお

発行人　菊地修一

発行所　スターツ出版株式会社

〒104-0031　東京都中央区京橋1-3-1　八重洲口大栄ビル7F
TEL　03-6202-0386（出版マーケティンググループ）
TEL　050-5538-5679（書店様向けご注文専用ダイヤル）
URL　https://starts-pub.jp/

印刷所　大日本印刷株式会社

ISBN　978-4-8137-9328-1　C0093　Printed in Japan

[神山りお先生へのファンレター宛先]
〒104-0031　東京都中央区京橋1-3-1　八重洲口大栄ビル7F
スターツ出版（株）　書籍編集部気付　神山りお先生

BF
毎月5日発売
Twitter
@berrysfantasy

BF Sweet
ベリーズファンタジー
スイート

ワクキュン！ 心ときめく
ベリーズファンタジースイート

定価：1430円（本体1300円＋税10%） ISBN 978-4-8137-9225-3

BF ベリーズファンタジー
大人気シリーズ好評発売中！

ループ11回目の聖女ですが、隣国でポーション作って幸せになります！

1〜2巻

雨宮れん・著
くろでこ・イラスト

聖女として最高峰の力をもつシアには大きな秘密があった。それは、18歳の誕生日に命を落とし、何度も人生を巻き戻っているということ。迎えた11回目の人生も、妹から「偽聖女」と罵られ隣国の呪われた王に嫁げと追放されてしまうが……「やった、やったわ！」──ループを回避し、隣国での自由な暮らしを手に入れたシアは至って前向き。温かい人々に囲まれ、開いたポーション屋は大盛況！さらには王子・エドの呪いも簡単に晴らし、悠々自適な人生を謳歌しているだけなのに、無自覚に最強聖女の力を発揮していき…!?